オズの世界

小森陽一

JN178073

集英社文庫

オズの世界

The World of Oz

目次

主な登場人物

波平　久瑠美（22）ＴＳＷ（株式会社東洋スーパーワンダーランド）遊園地事業部企画課　社員
小塚　慶彦（30）ＴＳＷ遊園地事業部企画課　係長　久瑠美の上司
玉地　弥生（27）ＴＳＷ遊園地事業部宣伝課　久瑠美の先輩
上園　龍（26）ＴＳＷ遊園地事業部企画課　社員　久瑠美の先輩
大場　美月（22）ＴＳＷ遊園地事業部宣伝課　社員　久瑠美の同期
吉村　豪太郎（23）ＴＳＷ遊園地事業部遊園地課　社員　久瑠美の同期
沼田　和明（43）ＴＳＷ遊園地事業部　次長
浜崎　健吾（32）ＴＳＷ遊園地事業部遊園地課　係長
伊藤　雅臣（31）ＴＳＷ遊園地事業部宣伝課　係長
安田　賢太郎（44）株式会社ヒーローマン　代表取締役
白沢　太一（46）白沢内科医院　嘱託医
宮川　肇（64）ＴＳＷ　代表取締役社長
岩嵜　秀一郎（25）株式会社電博　クリエイティブディレクター　久瑠美の恋人

オズの世界

The World of Oz

我が家！　そしてここが私の部屋。それにみんながここにいる。
私はもう二度とここから離れたりしない。絶対に――。

映画『オズの魔法使い』より　ドロシーのセリフ

プロローグ

私の名前は波平久瑠美(くるみ)。二十二歳。誕生日は五月。牡牛(おうし)座のA型。生まれも育ちも東京都内。正真正銘の江戸っ子だ。家族構成は内科医のパパと画廊で働いてるママ、三歳下に学生の妹がいる。そして、ミニチュアシュナウザーのクニオ。計四人と一匹のマンション暮らし。

身長は163㎝。高からず低からず。体重は秘密。スリーサイズも秘密。でも、出るところは出ている。ちゃんとね。奥二重なのでパッと見クールに思われがちだけど、性格はそんなんじゃない。どちらかと言うと引っ込み思案で我慢に我慢を重ねる方。それで随分損もしたことがあるし。顔はママ似で色白、肌理(きめ)もこまやか。持って生まれたものもあるけど、それなりの努力もしてきた。小学校高学年から登下校や友達の家に遊びに行くのに日傘をさしていたし。最初の頃は男子にからかわれたりしてイヤだったが、ママから口酸っぱく「紫外線の怖さは大人になってからわかるのよ」とおどかされ、渋々言う通りにした。で、今がある。ママにはすっごく感謝してる。髪は淡く茶色がかった時の長さ。中学、高校と学年指導の先生に「染めてる」と注意されたことがあるけど、パパの写真を見せたら何も言わなくなった。髪の長さは子供の頃はもっと長かったけど、それ以降はだいたいこのくらいの長さ。乾かすの楽だし。

ちなみに、これまでの人生で告白されたことは九回。付き合ったのは三回。こっちから振ったことはあるけど、振られたことはない。現在彼氏アリ。岩嵜秀一郎。大手広告代理店勤務。将来有望。むふふ。プチ自慢。

久瑠美という名前は死んだおじいちゃんが拘ったとパパに聞かされた。理由は知らないらしい。でも、いい。私はこの名前が気に入っている。特に「瑠」という字。友達にも似たような名前の子はたくさんいたが、だいたいは「留」や「流」。王へんの「瑠」が入っている子は一人もいなかった。それに意味がまたいい。色の美しい宝石で七宝の一つ——なのだそうだ。

(私の名前はそこら辺のありふれたものとは違うのよ)

密かな優越感。もちろんそんなこと、口にも態度にも出さないけれど。でも、苗字は違う。はっきり言って気に入らない。波平と書いて「なみひら」と読む。だが、ほとんどの人が「なみへい」と読む。苗字が「なみへい」なんて変だってことくらい少し考えればわかるはず。なのに、毎度「なみへい」。どこでも「なみへい」。だから「サザエさん」がイヤになった。サザエさんのお父さんが波平さんという名前だから、波平さんがハゲのくせに一本残った髪を大切にしてたりするから、波平さんが日本全国、老若男女に有名だから、いたいけな少女がいわれもないイジメを受けることになる。そう思ってきた。

（早く結婚して苗字を変えたい）

これ、何度真剣に考えたことか……。この気苦労、少しは波平さん本人にもわかって欲しい。

東京は刺激が沢山あると言われる。けれど、育った側からすればそんなことはあまり感じない。人の多さもビルの高さも地震の回数も、生まれた時からだから慣れっこだ。原宿や渋谷でスカウトと称する男の人に何度か声をかけられたこともあるし、芸能人だって両手じゃ足りないくらい見かけたこともある。でも、そんな子は周りに何人もいるし、ここではごくごくありふれた日常の光景だ。でも、一つだけ違う場所がある。それは東京ディズニーランド。ここだけは何度足を踏み入れても慣れるなんてことはない。いつ来ても新鮮でドキドキする。

京葉線の舞浜（まいはま）駅。南口改札を出て右に進むと白い陸橋がある。それはただの橋じゃない。夢への懸け橋だ。やがて現れる正面ゲート。そこを一歩でも潜（くぐ）るともう別世界が広がっている。私が初めてディズニーランドを訪れたのは幼稚園の頃。ワールドバザールを抜けて、その向こうにそびえ立つ白亜のお城を見た瞬間、キュン死するのではないかというくらい感激した。大好きなディズニーの映画そのままの世界が目の前にあった。エレクトリカルパレードを見た時なんて、感動しすぎて、気持ちのコントロールができなくて、ワンワン大声を上げて泣いた。パパもママもいまだにそのことを言ってからかうくらいだ。

　それからは寝ても覚めてもディズニーランドのことばかりになった。毎日飽きもせずビデオや写真を見直し、少ないお小遣いでディズニーのグッズを買い集め、唯一、一緒に写真が撮れなかったミッキーマウスに思いを馳せる日々が続いた。友達が芸能人や芸能界に惹かれる年頃になっても、私のディズニーランド熱は加熱する一方だった。懸命にバイトをしてはお金を貯め、ディズニーランドにせっせと通った。合計すると、五十回は軽く超えているはずだ。私のスマホの中身はディズニーの写メで埋め尽くされ、保存できる許容量を超えた。

　都内の大学に進学した私は、すぐさまキャストの面接を受けた。キャストとはディズニーランドを支える準社員、アルバイトのことだ。キャストになれば、夢の国に毎日入り浸れる。それは、自分も夢の国の住人になるということだ。高校までは家族会議の結果バイトは禁止だったから。私は思いのたけを面接の担当者にぶつけた。ぶつけまくった。その結果、第一希望通りの接客担当、ガイドツアーキャストとして働くことが決まった。夢中でキャストの仕事に取り組む日々。寝食を忘れ、ゲストと一緒にパーク内を巡りながら、さまざまな魅力や情報を提供した。その情熱はキャストのリーダーにも認められ、ファイブスターカードを貰うまでになった。ファイブスターカードとは、素晴らしいオペレーションやサービスをゲストに対して行ったキャストに上司から手渡されるカードのことだ。これが五枚溜まると、社長が開く特別なパーティーに招待される。私はついにカードを五枚集め、パーティーに招待された。キャストだけに解放された夢の国。それは二時間という限られた時間だったが、正真正銘、夢のようだった。白亜のお城と頭上に輝く打ち上げ花火を見上げながら、自分の将来をここに捧げようと誓った。

だが……、

就職試験の結果は不合格だった。ランドの知識や想いは張り裂けそうなくらいに溢れている。面接では一気呵成にその気持ちを披露した。必ず受け入れられると信じていた。微塵も疑う余地なんてなかった。

なのに――。

（なんで……？　どうして……？　一体何が悪かったの……？）

理由がわからない。知り合いの社員に尋ねても、誰も教えてはくれなかった。『目の前が真っ暗になる』。よく、そんなセリフをマンガやドラマで言ったりするけど、まさか本当になるなんて……。

人は唐突に夢を奪われると空っぽになる。

ディズニーグッズ満載の部屋で、私はただぼんやりと一日を過ごした。その間にも友達は次々と内定を勝ち取っていく。ＬＩＮＥには「おめでとう」の文字が溢れている。私も返信だけはした。同情されたり心配されるのがイヤだったからだ。彼氏の岩嵜秀一郎からも時々メールが入った。返事は速攻で返した。凹んでると思われるのがイヤだったからだ。でも、一番イヤだったのは、自分の気持ちに蓋をして、愛想良く振る舞う自分だった。

「ねぇ、久瑠美」

寝間着のスエットのまま、遅い朝ご飯を済ませてお皿を流し台で洗っていると、ふいにママに声をかけられた。ママはああしなさいこうしなさいと口うるさくいうタイプじゃない。でもこの時の自分は普通の精神状態じゃないから、返事をするのも面倒だった。

「久瑠美の接客はディズニーランドで鍛えられた超一流なんだから、それを活かせばいいのよ」

別にこっちを見るわけでもなく、それはまるで、「お買い物に行ってくるわね」くらいのふわっとした物言いだった。でも、そんな何気ない言葉が乾いた大地に雨水が染み込むように、私の心の中に吸い込まれた。

（接客……）

確かにそれは嫌いじゃない。誰かの笑顔、誰かの喜び、誰かのお礼の言葉は自分の元気を形作っていた。むしろ好きだ。いや、大好きだ。そうか、それを活かす仕事に就けばいいんだ。

やがて、都内の大手ホテルから内定通知が届いた。それを機に、私は大切に集めてきたディズニーグッズを処分した。もう、遊園地には二度と行かない。そう決めた——はずだった。

第一章　新天地

東洋スーパーワンダーランドという大それた名前の遊園地は、福岡県と熊本県の県境にある。訪れたのは三月二十日。東京ではまだ肌寒さが残っている日だった。

羽田空港から熊本空港までは飛行機で向かった。約一時間四十分の空の旅。よく晴れて空気が澄んだ日だったから、わざわざCAさんが機内アナウンスで「綺麗に富士山が見えます」と知らせてくれた。しかし、久瑠美は富士山を見なかった。完全に都落ちのどん底気分であり、生理中でお腹が痛くもあり、そんな中で綺麗な富士山を見てしまうと、さらに心がささくれ立ってしまうと思ったからだ。じっと目をつぶって寝たふりを続け、サービスの飲み物すら受け取らなかった。

熊本空港から熊本駅までは高速バスで移動し、そこからはJR鹿児島本線に乗った。遊園の最寄り駅である荒尾駅へは熊本駅から約四十分。空いている車内にもかかわらず、座席の一番隅に座った。おばちゃん達の集団、子供連れの若いお母さん、地味な作業服姿のおじさんのもの珍しそうな視線に耐え兼ね、窓の外に目を向けた。大荷物を抱え、ここら辺じゃ売ってないようなブランド物の服を着た若い女の一人旅だ。気になるのはわかるけど、それにしたってちょっとガン見し過ぎじゃないの？　東京だったらこんなに視線を浴びることなんてない。

ガタゴトと電車に揺られながら、知らない景色を眺め、知らない言葉を聞いていると、どんどん不安が増してくる。テレビの街頭インタビューで今時のＯＬ風の子が、地方から東京へ出てすぐの時、「知らない景色だし知らない言葉ばっかりで泣きそうになった」と言っていたのを思い出す。あの時は同じ日本の中なのに大袈裟(おおげさ)よなんて思ったけど、今ならその気持ちがちょっとわかる。住み慣れた場所を離れるということは、いったんすべてがゼロになるということなのだ。スマホを取り出してストックしてある写メをスクロールしていく。友達と行った麻布のカフェバーや、秀一郎とデートしている時に撮った神楽坂の野良猫、品川のマンションのベランダから見える光景。当たり前のようにそこにあったものが消え去り、目の前にはどこまでも果てしなく田んぼが広がっている。

ベージュ色をした小さな駅に電車が着いた。久瑠美は荒尾駅の改札を抜けて目の前の景色を見つめた。当然だが、そこは舞浜駅とは何もかもが違っていた。あの駅にはこれからディズニーランドに行くんだという熱気が渦巻いている。でもここにはそんなものの欠片(かけら)もなかった。ロータリーには数台のタクシーが停(と)まり、居眠りをしている運転手が見える。犬の散歩の途中だろうか、花壇のへりに座ったお婆さんが見える。空っぽのレジ袋が風にふわふわ舞っている。正直に言おう。さすがにここまで鄙(ひな)びているとは想像していなかった。遊園地の最寄り駅ならば、もう少し華やかな空気を纏(まと)っているものでしょう、普通。

（私、こんなとこで暮らすの無理だ……）

期待も気持ちも完膚なきまでに裏切られ、荷物を抱えたまましばしその場に立ち尽くした。だから、目の前に一台の車が停まったことにも気づかずにいた。

「……もしかして波平(なみへい)さん？」

ほらほらほら。早速来た、この呼び方。声のする方に視線を移すと、真っ黄色の車の窓が開いて、助手席から化粧っ気のまったくない女がこっちを見ている。着ているジャンパーは車の色と同じ黄色だ。

「私、ＴＳＷの者だけど」

「ＴＳＷ……？」

「東洋スーパーワンダーランドのこと。略してＴＳＷ」

「あぁ」

久瑠美が頷(うなず)くと、女は「東洋のスター・ウォーズとかっていう人もいるけどね。私もイヤなのよ。略して言うの」と眉をへの字にして笑った。

ていた。

「私、玉地弥生。よろしく。迎えにきたから乗って」

何度か園とメールのやり取りをした際、到着の時間を伝えていたことをすっかり忘れていた。

「ほら、ボーッとしないで手伝いなさいよ」

玉地が運転席の方を見て急かすと、慌てて男が降りてきて、久瑠美の大きなキャリーバッグに手をかけた。

「いきなり人の荷物に触らない」

男が慌てて手を引っ込める。

「自己紹介は」

「あ、ＴＳＷ遊園地事業部企画課、の、上園です」

「礼」

まるで芸人のような突っ込みで玉地が促すと、上園と名乗った男が頭を小さく下げた。よく見るとこの上園、とんでもなく細い。まるで、スーパーモデルのようにガリガリだ。

(私より、体重軽いかも)

上園が再びキャリーバッグを抱え上げようとすると、白い腕に何本もの青筋が浮くのが見えた。

「いいです、いいです」

久瑠美は上園の手からそれをひったくるようにして、自分で車のトランクを開けて荷物一式を中に置いた。その間、上園はというと、側に突っ立ったまま一部始終をただ眺めているだけだ。

「バカ！　案山子！　新人に気を使われてどうすんのよ」

玉地は上園にジェスチャーで車に戻れと合図した。

走り出した車の中で「ほんと、いつまでたっても使えない奴だねぇ」と玉地が嘆く。

そのしみじみとした物言いに、たびたびこんなことがあるんだろうと想像がついた。

「こんなのが今日からあなたの先輩になるけど、根はいい奴だから」

そんなこと言われても「はい」なんて言えない。久瑠美は後部座席で愛想笑いを浮かべた。

「ところで波平さんさ」

「あの……なみひらです」

玉地と上園が同時に後ろを見た。

「そうなの？」

「はい……」

「そうなんだ。……ゴメンね」

玉地の言葉には明らかに笑いが混じっていた。

「大丈夫です。慣れてますから」

「波平さんって、あだ名、絶対なみへいだったでしょう」

「そうなんです……」

「だよね。どう考えても」

どう考えてもって。そりゃどういう意味よと内心突っ込みを入れた。

「良かったわね」

「は？」

玉地が後ろを振り向いて、「ほかんところじゃイヤだったかもしんないけど、ここではそれ、絶対武器になるから」と言った。

「武器……ですか？」

「そう。武器」

久瑠美の戸惑った様子を感じ取ったのか、

「すぐにわかるから」

玉地は微笑み(ほほえ)を浮かべ、それ以上なにも言わなかった。


荒尾駅から車で走ること約五分。知らないスーパーの店名や知らないコンビニ、知らない自動販売機を目で追った。同じ日本の中なのに、こんなにも違うものがあるなんて不思議だった。何より風景がまったく違う。ここには高層ビルもなければ高層マンションもない。高速道路や電車の高架も、大きな交差点も、行き交う人の波もない。やたらと空が広い。そんな中に突如、背の高い構造物が現れた。遮るものがないから一際(ひときわ)大きく見えるそれは、赤い骨組みをした観覧車だった。

（とうとう来ちゃった……）

そんな思いが湧いてきて、久瑠美は観覧車から目を逸らした。東京ディズニーランドの就職試験に落ち、夢も希望も目的も失い、もう二度と遊園地には行かないと誓いを立てた。そんな身にとって、遊園地を象徴する観覧車はあまりにも辛すぎる。

「波平さんってさ」

車が信号で停まった時、玉地が前を向いたまま呼びかけた。それまでとはちょっと声のトーンが違っていたから、久瑠美はちょっとだけ身構えた。

「なんでしょう……」

「ホテルからの出向なんだってね」

そうなのだ。久瑠美は全国に二十ヵ所の拠点を数えるホテルロワイヤル本社の試験を受けて合格した。そのまま春から都内でホテルマンとして働くはずだった。だが、伝えられた配属先は業務提携をしている東洋スーパーワンダーランド。驚いて理由を尋ねると、東京ディズニーランドで長年アルバイトした経験を活かして欲しいとのことだった。ディズニーランドの夢破れた自分に、ディズニーランドで働いた経験を活かして、遠く離れた九州の片田舎にある、行ったことも見たことも聞いたこともない遊園地で働いてこいという。これほど残酷な運命ってあるだろうか……。

「自分から希望したの？」

うだ。

「それは……」

さすがに初対面で本心は語れない。言葉を濁すと、玉地はそれを肯定と受け取ったよ

「ホテルで働くより、絶対遊園地の方が楽しい感じ、するもんね」

(何言ってんの、この人……)

自分から希望なんてするわけないし。こんなド田舎の遊園地。

「上園、やったじゃない。希望してきてくれたんだって。あんたがやった知名度アップのPRが上手(うま)くいったってことよ」

玉地が上園の肩をパンとはたくと、上園が「エヘ、エヘ」と笑った。かなり特徴のある気持ちの悪い笑い方だ。

(はぁ……)

心の中で溜息(ためいき)が漏れる。少なくとも東京にいた頃、東洋スーパーワンダーランドなんていう遊園地のことは、雑誌でもCMでも見たことも聞いたこともない。決して自分だけが特別なわけじゃなく、多分かなりの数の人がそうなんじゃないかと思う。だが、玉地と上園は嬉(うれ)しそうに笑っている。いまさら否定できるような雰囲気じゃなかったし、あえて否定する気にもならなかった。

「ウチに来たことはあるの?」

「いえ。九州自体が初めてです」

「えっ？　そうなの？　へぇ……」

　玉地の「へぇ」には、「そんな人がいるんだ」という軽い驚きが含まれているように感じた。日本の首都である東京についてならばそのリアクションもわかるが、九州に来たことがないからといってそんな風に言われるなんて思ってもみなかった。

「玉地さん、東京には？」

「行ったことないよ」

「そうですか……」

　それこそ「へぇ」だ。

「九州は初めて。TSWも初めて。なら、初対面は正面からにしないとね」

　玉地の指示で上園が交差点を右折した。そのまましばらく走ると、民家が突然途切れ、目の前にだだっぴろい駐車場が現れた。その向こうにはどこかのお城をイメージしたような外壁と、ピンク色をした派手なゲートが見える。久瑠美は思わず目を見張った。いや、見張らずにはおれなかった。千台は優に停められるであろう駐車場、そこには今、僅か三十台ほどの車しかいない。もちろんゲートの前にも誰も並んではいない。

「今日、お休みなんですか……」

　念のために聞いてみた。

「やってるわよ」

（……だよね。観覧車、動いてるし）

確かに平日の午後ではあるが、それにしてもこの少なさ、盛り上がりのなさといったら異常だ。東京ディズニーランドを体感している身としては、大袈裟じゃなくそう思わずにはいられない。

「ようこそ、東洋スーパーワンダーランドへ」

玉地の明るい声が車内に響く。久瑠美は返事も忘れ、閑散とした光景をただ呆然と眺めていた。

人っ子一人いないゲートをくぐって、すぐ右側にある建物へと向かう。玉地がそこが事務所だと教えてくれた。ピンク色の屋根にクリーム色をした壁がなんともメルヘンチックだが、これだけ人がいないと浮いて見える。

「社長に伝えてくるから。それまでちょっとここで待ってて」

玉地は久瑠美を応接室に案内し、荷物を運び込んだ上園を伴って部屋を出て行った。

久瑠美はソファに座った。部屋の中を見回すこともせず、そのまま俯いた。さっき見たあの光景が頭に貼り付いて離れない。この遊園地はダメだ。はっきりとそう思った。人の来ない遊園地なんて遊園地であるはずがない。玉地が車内でPRの話をしていたが、それは違う。いくらPRが上手くても、中身が伴わなければいずれメッキは剝がれるものだ。人の集まる場所にははっきりとした理由がある。愉しい。嬉しい。心地良い。自然に溢れる笑顔。歓声。熱狂。一度は忘れようと決めた東京ディズニーランドの光景が、熱をもってありありと甦ってくる。また次も来たいと思う場所。毎日でもいたいと思う場所。いっそ住みたい、ここの住人になっても構わないというくらいのめり込める場所。遊園地とはそんな場所、夢の国なのだ。それがここにはない。だとしたら、ここは遊園地じゃない。

（もうヤダ……）

久瑠美は思わず両手で顔を覆った。

なんの変哲もないドアを玉地がノックすると、「どうぞ」という男の声が中から聞こえた。

「失礼します」

玉地に続いて社長室に入る。部屋の中には大きな窓があり、陽（ひ）が燦々（さんさん）と差し込んでいて暖かかった。壁にはＴＳＷの全体図とカレンダー、そして、歴代社長の顔写真が飾られている。

「新入社員の方をお連れしました」

玉地は久瑠美にだけ見えるように小さくウインクすると、そのまま部屋を出て行った。

久瑠美は太陽の光を背中に浴びてシルエットになっている人影に目を向けた。

「ようこそ」

男の声は太く、張りがあった。男は立ち上がり、久瑠美の正面へと歩いてきた。背が高い。１８０㎝は優に超えている。

「初めまして。社長の宮川（みやがわ）です」

一瞬、久瑠美は開きかけた口を閉じた。社長と名乗った男は首からタオルをかけ、汚れた作業着姿。顔は日に焼けて真っ黒だった。これで麦わら帽子を被（かぶ）れば、どこから見ても農家のおじさんだ。あまりにも社長のイメージとはかけ離れた姿にポカンとしていると、それを悟ったのか、「草むしりをしていると、ついつい夢中になってね。着替える時間がなかった」そういって宮川が笑った。

「あ、いえ」

そんなつもりじゃないと言い訳してももう遅い。宮川はニコニコと笑顔を浮かべたまま久瑠美を見つめている。

「ホテルロワイヤルから出向を命じられてきました波平久瑠美です。よろしくお願いします」

無意識のうちに心が精一杯の抵抗をしてしまう。

「はい、よろしく」

宮川はそんなことなど意に介さない様子で答えると、久瑠美に座るよう促した。

「今日は暑いね」

宮川が汗ばんだ顔をタオルで拭う。いきなりの社長対面になるとは思っていなかったので、久瑠美はスーツでなく私服だ。しかもコートを羽織った姿。まだ三月で東京では肌寒かったし、熊本との体感温度の違いが想像できなかったから、インナーにはヒートテックまで着ている。あらためて宮川を見ると、薄くなった頭髪こそ真っ白だが、身体(からだ)はがっしりとして、肌は艶々(つやつや)、まるでスポーツ選手のようだ。そんなことを思っていると、「私も君と同じ、出向組なんだ」と宮川が言った。久瑠美はハッと身構えた。

（出向組……）

ドキドキしながら次にどんな言葉が続くのかを待つ。

「だが、ここでは出向組も現地採用組もなにも変わらない。やることはみんな同じだ」

一年辛抱すればホテルに帰れるとか、自分も早くホテルに戻りたいとか、そんな話をされるのかと一瞬だが期待したのに……。久瑠美は落胆が透けて見えないように黙って頷いた。

「とりあえず、来月の入社式後に配属を決める。研修期間はだいたい三ヵ月くらい、一年間は見習いだと思って、いろいろと手伝いをしながら、園の仕組みや働いている人を覚えることに専念して欲しい」

「わかりました」

「じゃあ早速着替えて。その格好じゃあ、散歩には暑い」

宮川は笑いながら再びタオルで顔を拭った。

玉地や上園が着ていたあの派手な黄色いジャンパーに着替えて、久瑠美は宮川と一緒に園の散策に出かけた。園内は久瑠美の想像以上に広かった。それに、アトフクションも豊富だ。ジェットコースターは九種。子供向けのコースターから大人向けの絶叫系まで各種取り揃えてある。遊園地の乗り物にはどうしても身長制限がある。赤ちゃんから大人まで、どんな人にも楽しんでもらえるよう、様々なバージョンを取り揃えていると宮川は言った。他にも夏に威力を発揮しそうなウォーター系やホラー系、定番のメリーゴーランドやゴーカート。温泉地の射的場のようなアーチェリーやシューティングゲーム。園内の中央には大きな池があり、その上を突っ切るようにリフトが走っている。敷地の中にはレストランやホテルが完備され、歩き疲れた頃にはちょうどいい位置にスナックやドリンクなどの売店があった。

（でも……）

久瑠美は思う。せっかくのこれだけの施設なのに、客の絶対数が少なすぎだ。とにかく、どこを見ても人がいない。人が来なければ遊園地は遊園地としての機能を失ってしまう。

「これで展望台に昇ろう」

宮川がリフトを指さす。久瑠美は宮川の後を追うようにして、リフトに乗った。ゆっくりとリフトが昇っていく。心地良い春の風が汗ばんだ身体を吹き抜け、とても気持ちが良かった。展望台に着くと、宮川は白い銅像のあるモニュメントのある方へと歩いた。

「見てごらん」

言われるままに宮川の見ている方に視線を向ける。そこには山があり、裾野には街が広がっており、遠くには海が見えた。

「有明海だよ」

そう言われても特別なんの感情も持てない。あぁ、昔、授業で習ったなぁと感じるくらいだ。

「ここには海があって山があって街がある。魚や動物や鳥と人が共存している。でも、そんな場所ならば日本の各地にいくらでもある。私はね、ここに異空間を作りたい」

久瑠美は遠くを眺める宮川の横顔を見つめた。そして、思い切って切り出した。

「それは……、ディズニーランドのようなってことでしょうか」

「そうだ」と言われたらどうしよう。素直に「無理です」と応えるべきかもしれない。ディズニーランドは一つだけだ。あれを真似しようとしても敵うはずはない。そんな夢はきっぱり捨てる方がいい。久瑠美は宮川の言葉を待った。

「そうじゃない。ディズニーランドはディズニーランドだけの世界だ。私が目指しているのはちょっと違う。たとえば、オズの魔法使いが棲むような国だ」

(何、それ?)

意味がまったくわからない。ディズニーが作る夢の国と、オズの魔法使いが棲む世界の差がわからない。それに、たとえわかったところで、やはり敵うはずがないとも思う。あのとてつもない興奮に満ちた空間は、唯一無二のものだ。宮川の希望に満ちた顔の隣で、久瑠美は暮れてゆく夕陽に染まった有明海を見つめた。薄暗く翳る海は、この遊園地の運命を象徴しているように思えた。

ムシテンゴク

目覚まし時計が鳴り出した。部屋の中に、リンリンと大きな音が響き渡る。もそもそと毛布の中から片手を伸ばし、手探りでスイッチを見つけて音を消す。

——しばしの静寂。

「ああっ、もう！」

新しい朝にはそぐわない声を上げて、久瑠美は無理やり身を起こした。

昨夜は久し振りに二時間近く、秀一郎と長電話をした。自分より三つ年上の秀一郎と出会ったのはディズニーランドだ。先輩キャストだった。面倒見がよく、いつも朗らかで、キャストだけでなく社員からも信頼されていた。今は大手広告代理店の一つである電博で、若きクリエイティブディレクターとして将来を嘱望されている。背も高く優しくて横顔がブラッド・ピットに似ている……と思っている。他の誰も言ってはくれないが。久瑠美は初めて異性に対してゾッコンになった。冗談で時々結婚の話題が出るが、実のところ久瑠美は本気だ。この男を逃してはならないという直感のようなものがある。疲れているのか、秀一郎は眠そうだったが、久瑠美は一方的に話を続けた。最低の遊園地であること。田舎過ぎてなんの刺激もないこと。言葉も食べ物もまったく波長に合わないことなどだ。

「熊本か……。遠いな」

ぽつりと秀一郎が言った。

「でも、全然会えないわけじゃないし。そうでしょう?」

「そうなんだけどさ」

その「さ」っていうのがイヤだ。傷つく。

「会いにきてくれないの」

パパには絶対聞かせられないような甘えた声が出る。

「もちろん行くよ」

「いつ?」

間髪を入れずに問い直す。

「夏までには。今の仕事が一段落するから」

そんなには待てないし、待つつもりもない。久瑠美は都合をつけて東京に帰るつもりだが、秀一郎には何も言わなかった。そこはもう気持ちの駆け引きだ。最後は電話越しにキスを送って、すぐに眠りに落ちた。

薄暗い部屋の中には段ボールや、そこら中に広げられた服や小物がぼんやりと見える。実家の東京から就職先の熊本へと引っ越ししてきたのが三月二十日。玉地と上園の案内で園に挨拶に行き、社長の宮川に伴われて園内を隅々まで見て回った。夕方、再び上園の案内で、社員寮としてＴＳＷが契約しているアパートに向かった。あくまでも契約なので、ここに住んでいる人達が全員ＴＳＷの社員というわけではない。園までは徒歩約五分。二階建ての鉄筋コンクリート製。家賃は共益費込みの二万一千円。東京とは比較にならないほど格安だ。そんなアパートの二階の角、２ＬＤＫが自分の新たな住処となった。ここに来て今日で一週間となるが、部屋は一向に片付かない。時間がないわけではない。要はやる気の問題だ。片付けようという意欲が湧かない。理由ははっきりしている。この部屋も職場もこの土地も、全然好きになれないからだ。久瑠美は鬱陶しい気分を振り払うように何度かセミロングの髪を掻き上げると、部屋の一角をでーんと占領しているベッドから降りた。足元に注意しながら窓の方へ近づく。先日、重ねたハンガーを踏んで足の裏の肉を挟んだ。小さいのに痛みの強さは涙が出るほどだった。カーテンを摑むとその隙間から陽が差し込んできた。あまりの眩しさに久瑠美は思わず顔を背けた。まだ三月末だというのにこの日差しの光量って、いったいどういうことなんだろう。これが夏になればどれほどの強さになるのか、想像もできない。その時だ。久瑠美の目に小さな黒い点が飛び込んできた。カーテンの裾にへばりついたまま動かない。

（虫！）

久瑠美の身体は一瞬にして固まった。叫び声は出ない。「きゃー、いやー、虫、怖い！」虫を見て声を出せる女はニセモノだ。あれは男に対するアピールだ。「私は虫が嫌いなか弱い女なの。だから守ってね」という都合のいいサインに過ぎない。そんな女は男がいないところでは、平気でスリッパを虫に振り下ろしてる。きっと無表情で。久瑠美は目を見開き、ひたすら虫だけを見つめた。決して視線は外さない。不思議なもので、こっちがそういう状態になると虫の方も動かなくなる。ピタリと動きを止め、じっと息を潜めるようにしてこちらの様子を窺ってくる。久瑠美はこの時間を密かに【拷問タイム】と名づけている。

どれくらい見つめ合っただろうか。ふいに虫が動き始めた。カーテンの裾を悠々と昇っていく姿を、久瑠美は目だけで追いかけた。先に動き出すのはいつも虫の方だ。しかも、何がきっかけで動き出したのかまったくわからない。そこがまたたまらなく不気味。意思疎通のできない相手ほど怖いものはない。それに、虫に主導権があるみたいでなんかムカつく。ようやく金縛りが解けた久瑠美は、素早くテーブルの上のスマホを摑んだ。スマホのカメラ部分には、丸い輪っかが取り付けてある。スマホカメラ用マクロレンズ。別売り。スマホの備え付けのカメラは最短撮影距離がおよそ7㎝。それ以上近づくとピンボケしてしまう。でも、マクロレンズを付ければそれが一気に解消する。……のだが、虫にもっと近寄らなければ効果を発揮しない。その距離、5㎝未満……。

（キャーッ！、無理無理無理。絶対ムリ！）

そこでこれ。セルフィースティック。通称自撮り棒。もちろん別売り。これがあれば自分が虫に近寄らなくても撮影ができる。まさか自撮り棒をこんな風に活用している人間がいるなんて、開発者が知ったらさぞ驚くだろう。でも、久瑠美はこの棒を開発した人への感謝を忘れたことはない。

この虫は飛ぶのか？　嚙むのか？　毒はあるのか？

相手の能力や特徴を知らなければ完璧な防御は築けない。そのためには存在を明確にする写真が必要だ。久瑠美は慣れた手付きでスマホに自撮り棒を取りつけ、ゆっくりと虫の方へ寄せた。

「シャシャシャシャシャ」

シャッターの連続音が、カーテンを引いたままの薄暗い部屋に響く。最初のうちはこの音に驚いて虫が飛び掛かってくるのではと怯えていたが、今のところそれはない。虫にも聴覚はあるのだが、人と虫では認識できる周波数レベルは違っていて、人に聞こえる音が虫にも聞こえるとは限らないらしい。もしかするとシャッター音は虫には聞き取れない音なのかもしれない。それがわかって以降、大胆に連写するようになった。震える手で一枚の写真を撮るよりも、連写の方が圧倒的にちゃんとした写真が撮れる。これも敵を知ったからこそ可能になった戦術だ。撮れた写真を急いで確認する。正直、ドアップで見るのはイヤだが、これも己を守るためだ。仕方がない。

「うえ……。なにコイツ……」

肉眼では黒い粒のように見えていただけだったが、写真には触角や手足、こげ茶色の体色が鮮明に写っていた。まさに虫だ。一番写りの良いと思える写真を選び出すと、その写真をメールに貼り付けて送信した。個人が無料でやっているサイト、その名も【虫天国】。久瑠美にとっては地獄のようなネーミングだが、ここの管理人は年中無休、二十四時間、いつでも虫の問い合わせに対応してくれる。管理人は頻繁に虫の写真を送ってくる久瑠美のことを気に入ってくれたとみえ、素早く、懇切丁寧に解説を添えてくれる。だから、とても重宝している。

（待ってなさいよ……。今からあんたのことを暴き倒してやるから……）

カーテンを昇り切り、今では天井に逆さまに貼り付いている虫を見上げながら、久瑠美は返信を待った。

ものの五分で、返信がきた。

【アミーゴへ
今日も質問、ありがとう。これはカメムシだね】

（カメムシ？）

カメのムシ？　変な名前。

【正式名称はクサギカメムシ。北海道を除いて日本中どこにでもいる、ごく一般的なカメムシだ】

どこが？　こんなの見たことないんですけど。

【カメムシの名前の由来は頭が小さくて背中から見た様子が亀に似ているところから付いた。体長は雌が13〜18㎜。雄が5〜7㎜で——】

それからしばらく、どこに生息しているとか、何を食べるとか、一般的な解説が延々と続く。そんなことはどうでもいいから、早くこっちの知りたい情報を教えて欲しい。

【ちなみにカメムシは害虫だ。大量発生して農作物を食い荒らすし、刺激を受けると強烈な悪臭を放つ。その臭いは強烈で、クサギカメムシはカメムシの中ではトップクラスだと言われてる。もちろん羽があるから飛ぶし、しっかり戸締りをしていても、桟の隙間や換気扇の羽根の間から侵入してくる。防ぐのは無理だね。ストーカーも真っ青って奴さ（笑）。

今回はそんなところで。

防ぐのは無理という一文に軽く眩暈を感じる……。久瑠美はスマホをテーブルの上に戻すと、虫――クサギカメムシを見た。今やカーテンを昇り切り、天井に辿り着いている。それにしても虫ってどうしてこんなに変な奴が多いんだろう。引力を無視して逆さまで天井にへばりついてるなんて、どう考えてもおかしい。理に合わない。久瑠美はお風呂場から洗面器を持ち出すと、中に水を張った。水に捕まると、虫は身体の自由度が下がる。これも【虫天国】の管理人から教わったことだ。ベッドの上に毛布、枕、クッションを重ね、高さを得たところで洗面器を慎重に天井に掲げる。

（こいつの名前はクサギカメムシ。害虫。刺激を与えると悪臭を放つ）

さっきの文面を頭の中で反芻しながら、刺激を与えないように細心の注意を払って、クサギカメムシの周囲を囲むように洗面器を天井にくっつけた。そのままゆっくりと左にスライドさせていく。クサギカメムシがへばりついていた辺りを洗面器の縁が完全に通り過ぎたのを確認してから、そろそろと洗面器を下ろした。おそるおそる中を覗き込むと手足をばたつかせているクサギカメムシがいた。

（悪臭って、どんな臭いなんだろう）

ふっと嗅いでみたい誘惑にかられたが、頭を振ってその考えを追い出した。

水の上に浮かんだクサギカメムシごとトイレに流した。そのまましばらく便器に水が溜まるのを見つめる。流れに逆らって再び姿を現さないかを確認するためだ。どうやらその気配はなさそうだった。それから洗面器とクサギカメムシがへばりついていたカーテンを外してゴミ袋の中に入れた。さすがに天井を剝がすわけにはいかないので、その上から壁紙を貼ろうと決めた。ベッドの端に座り込むと「はぁ……」と安堵の溜息が漏れる。これでもう、この部屋に虫はいない……はずだ。入居する時、散々管理人に確認したのに、クロヤマアリ、クロハナタマバチに続いて今度はクサギカメムシだ。外ならいざ知らず、なんで部屋の中に出るのかわからない。どこかに隙間があるとしか思えない。生まれ育った東京にはこんなに虫はいなかった。品川の高層マンション。二十八階。よく陽の当たる自分の部屋が無性に懐かしい。窓を開けると救急車のサイレンやバイクのエンジン音がけたたましくて煩かったが、今の状況に比べたらなんてこともない。

突然、窓の外が騒々しくなった。ガタガタと大きな金属音がガラスを通して聞こえてくる。ジェットコースターの試運転が始まったのだ。久瑠美は立ち上がると、カーテンの無くなった窓を開けた。木々と雑草の生い茂る向こう、距離にして500mほどのところに、巨大な鉄骨の骨組みの上をトロッコのような車両が滑る様が見える。その右側には観覧車。左手には白亜の宮殿がある。日差しを浴びてきらきらと輝いている。あぁ……また一日が始まる。

配属先が決まる前の新人の仕事は、どこでも似たようなものなのかもしれない。各事業部への挨拶廻りと掃除だ。ＴＳＷには三つの事業部がある。遊園地事業部、営業部、ホテル・ゴルフ部。この三つの部を宮川社長と四人の取締役が取り仕切っている。それぞれの事業部には総支配人と呼ばれる事業部長がおり、その下に次長がいる。久瑠美が所属することになる遊園地事業部は、遊園地課、企画課、宣伝課の三つに分かれている。遊園地課の仕事はテナントや施設の管理、企画課は園内のイベントを立案、実行、宣伝課は宣伝、広告がメインとなる。入社式が終われば、この中のどれかに配属が決まる。

　遊園地事業部の次長は沼田和明。色白で長身、白髪交じりの豊かな髪をぴったりと撫で付け、黒縁眼鏡をかけている。近づくと薄らと香水の匂いがする。本人はダンディーを装っているのかもしれないが、場所が場所だけにちょっと浮いてる感じだ。

「新入社員の波平久瑠美と申します。よろしくお願いします」

　初めて沼田に挨拶をした時、沼田はペラペラと週刊誌をめくっている手を止め、久瑠美を見た。見たというより上から下までジロジロと眺められ、値踏みでもされているような気になった。すっかり居心地が悪くなった時、沼田は「君はホテルからの出向なんだってね」と尋ねてきた。

「はい……」

「そうか。ならば、ここに来たのは不本意なのかな？」

　もちろんその通りだ。しかし、どうしてそんな質問をぶつけてくるのか、沼田の真意がわからない。久瑠美は怪訝な顔をして何も答えず沼田を見た。沼田は辺りに素早く視線を走らせ、近くに人がいないことを確かめるとすっと顔を寄せた。

「だからだな、ホームとアウェイ、君はどっちがいいのかと聞いてるんだ」

そりゃもちろんホームに決まってる。でも、素直にそう答えていいのだろうか。ホームと答えたら、ここでの生活はどうなるんだろう。

「あの……」

返事に詰まっていると、沼田はニッと笑みを浮かべた。

「大丈夫。私もそうだ。早くホームに帰りたい」

(この人も……)

久瑠美は驚いて沼田を見た。

「一年頑張ってくれ。そうすれば君を必ずホームに帰す」

「ほんとですか!」

思わず大きな声が出た。沼田は「しっ」と短く言って再び辺りを見回すと、「本当だとも」と目を細めて小さく呟(つぶや)いた。


午後はいつものように園を巡って目についたゴミを拾い集めながら、園内で働くスタッフの顔と名前を覚えるのに費やす。ジェットコースターやメリーゴーランドなどの遊具を動かす人、レストランなどのテナントの人、駐車場で車の整理をする人。メンテナンス会社やテナント会社は大小合わせて四十社ほどにのぼり、園内スタッフの数は瞬間的には六百人を超えることだってある。顔を覚えるのは不得意な方ではないが、短期間であることと、東京ではあまり聞き覚えのない九州独特の苗字が、それをいっそう困難にした。だが、相手は違った。

「波平さん、今日も元気かい？」

「波平ちゃん、今ちょっと手が離せないんで、飲み物買ってきてくんない」

園を歩いていると、そこかしこから声が飛んでくる。うるさいったらない。

「波平さん、すっかり馴染んでるね」

羨ましそうな顔をしたのは、同期の大場美月だ。美月は色白で小さくて可愛らしい。お人形みたいな顔をしている。

「こういうの、馴染んでるっていうのかな……」

誰も彼も正確に名前を呼んでくれない。「なみへい」のオンパレードだ。

「私なんか、園の人に声をかけられたこと、まだいっぺんもないよ」

そういえば玉地から言われたことがあった。「あなたの名前は武器になる」って。ずっと名前で嫌な思いをし続けてきたけど、まさかこんなところで役に立つとは思わなかった。とはいえ、本音はやっぱりイヤだけど。

「波平さんはどの課が希望なの？」

真面目な顔で美月が尋ねる。二重で目がパッチリ。さらさらのロングヘアーが春の風になびく。この子、モテるだろうなぁと女の久瑠美でも思う。久瑠美は側溝に落ちている潰れた空き缶をゴミ袋に入れながら、「私は……」と言ったまましばらく黙った。

（一年でここを離れるから）

なんてことはさすがに言えない。だから、「どこでもいいかな」

軽く笑顔で誤魔化した。

「大場さんは？」

「私はあんまりお酒飲めないし、外向きな性格じゃないと思うから……」

「じゃあ企画だね」

美月は小さく頷いた。

「吉村くんは？」

別にどうでもよかったが、成り行き上聞いてしまった。もう一人の同期、名前は吉村豪太郎。福岡県出身。身長が１８５㎝を超す長身でがっちりした体形だ。その割には声が小さく、話し方もおどおどして、完全に見かけ倒し、名前負けも甚だしい。すでに先輩たちからは見かけ倒しの「デカ男」とあだ名されている。今年の新入社員は久瑠美を含めたこの三人、全員が遊園地事業部採用となっている。

「え、俺……？」

急に声をかけられ、吉村は大袈裟に両手を胸の前に広げて目を丸くした。

「俺は……」

あぁじれったい。男なんだからスパッと言いなさいよ。

「俺は……」

久瑠美は諦めて吉村から目を逸らすと、中腰になって路肩に落ちているお菓子の袋を拾い上げようとした。その時、「グッ」と声とも悲鳴ともつかない音が喉から漏れた。

「どうしたの」

びっくりして美月がこっちを見る。久瑠美はお菓子の袋を右手に掴んだまま固まった。美月が地面に視線を移す。そこには無数のアリが散らばったお菓子の屑（くず）に群がっていた。

「アリだね」

久瑠美は小刻みに首を振った。その様子があまりにも奇妙だったのだろう。美月が「……もしかして波平さん、虫、嫌いなの？」と尋ねた。今度は大きく頷く。

「でもこれ……アリだよ」

美月の言い方にはハチでもなくゴキブリでもなく、ただの小さなアリだというニュアンスが込められている。いや、それは甘い。虫にランクなどない。小さかろうとアリもれっきとした虫だ。だから嫌い。美月がスニーカーの爪先で地面を払った。小石や砂が混じった粒が群がったアリにかかり、アリは混乱して一斉に逃げ出し始めた。

「これでいい？」

美月がまるでお母さんのような優しい笑顔をこっちに向けた。久瑠美はいつの間にか止めていた息を、一気に「はぁっ」と吐き出した。

「ありがとう……」

「どういたしまして」

「今の、クロヤマアリだった……」

「え？　……何アリ？」

「クロヤマアリ。日本全国に分布。三月から十一月までがおもな活動時期。乾燥した日当たりのいい場所の地面に巣を作る」

これも【虫天国】の管理人から教えてもらったことだ。美月が怪訝そうな顔で久瑠美を見つめる。

「波平さんって虫、嫌いなんだよね」

「嫌い。大っ嫌い。この世から虫なんかいなくなればいいと思ってる」

「でも、詳しい……よね」

「それはそうなるよ。本気で嫌いなんだから」

久瑠美は右手に摑んだままのお菓子の袋に気づき、急いでゴミ袋の中に放り込んだ。

美月はその様子を不思議そうに眺めていたが、やがて声を出して笑った。

「波平さんって面白いね」

（どこが……）

まだ僅かに動悸がする。どうしても見たくないのだが、視線は知らず知らずのうちにクロヤマアリがたかっていた場所に注がれる。一度散らばったクロヤマアリが再び一匹、二匹と集まってくるのが見えた。

「行こう」

久瑠美が急かすように告げると、後ろから「俺も……企画課が……いいかな」と吉村の声がした。今頃かい。久瑠美は返事もせずに歩き出した。

第二章　入社式

　熊本の春の訪れは早い。アパートから職場である遊園地まで歩いて向かいながら、久瑠美は川沿いに並んだ桜の木を見上げた。すでに桜の花は満開に近い状態で、お互いに競い合うようにして薄桃色の花びらを広げている。東京ではまだ三分咲きすら行ってないだろう。やはりここは未知の土地なのだとあらためて思う。季節の進み具合だけでなく、食べ物も言葉も虫の多さも、何もかもが違う。違うといえば、今日の久瑠美もいつもとは違う。ジャンパーにGパンにスニーカーという仕事着ではなく、余所行き（よそゆき）のスーツ姿だ。

　先日の朝礼で、TSWの社員一同を前に宮川社長が告げた一言。

「今度の日曜日、天気予報では晴れだ。絶好の遊園地日和（びより）だ。沢山の人が押しかけてくるだろう。そこで入社式を行う。晴れ舞台はヒーローショーだ」

最初、久瑠美はなんの話をしているのかわからなかった。久瑠美だけでなく、美月も吉村もきょとんとしている。だが、他の社員達は一様にこっちを見て笑った。何かよからぬことであるということだけははっきりと伝わった。

コツコツと路面にヒールの音が響く。音に気がついたのか、母親に手を引かれながら前を歩く、幼稚園の制服を着た女の子が振り返った。おさげ髪でぱっちり大きな目、とても可愛らしい顔の女の子だ。きっと四歳か五歳くらいだろう。久瑠美が初めてディズニーランドに行ったのも、ちょうどこれくらいの時だ。子供にとっての遊び場はいろいろある。家の前の道路だったり、学校のグラウンドだったり、近所の公園だったり。そんな無数の遊び場の中で、最高に特別な場所が遊園地だと思う。久瑠美にとってはそれがディズニーランドだった。最強最大の遊園地。人生を決定付けた特別の遊び場。でも、きっとこの子にとってのそれはＴＳＷなのかもしれない。久瑠美は橋の手前で左に曲がる直前、「バイバイ」と手を振った。女の子も笑顔を浮かべて手を振った。遠ざかる女の子の後ろ姿を眺めながら、ＴＳＷだけはやめといた方がいいよと思った。あそこはまやかしの国。本当の夢の国はもっと別の場所にあるから。

ベニヤ板と剝き出しの鉄骨で組まれたヒーローショーのステージ裏は、とても薄暗くて、ひんやりと肌寒く、おまけに酷いシンナーの臭いがした。久瑠美は時折沸き起こる観客の歓声を聞きながら、片手で鼻と口を塞いでいた。そうしていないと酔ってしまいそうになるくらい、シンナーの臭いは強烈だった。

「ボジけそうやろう」

金色に染めた髪を逆立たせ、ペンキだらけの作業着を着た若い男が、こっちを見て笑う。この顔は何度か見たことがある。確か、設備業者のアルバイトだ。名前は知らない。覚える気もない。

（黙れ）

久瑠美は心の中で呟くと、そのニヤニヤした視線を無視した。

「ボジける」などという言葉は生まれて初めて聞いた。ここら辺特有の方言なのか、それともヤンキーの使う言葉なのだろう。どっちでもいいが、意味はなんとなく想像できる。「ラリる」だ。シンナーや麻薬で意識が飛ぶことをそう言う。ごく普通に生きてきた二十歳そこそこであっても、それくらいのことは知っている。もちろん、試したことはない。これからも試そうとは思わない。危険ドラッグを使って完全に「ラリった」奴のニュースを見たら、あんなの絶対に使おうなんて思わない。

（あぁ、だんだん気分が悪くなってきた……）

呼吸するたび、シンナーが身体の中に深く染み込んでいく気がする。おかしくなる前に早くここから離れたい。でもここは外じゃない。舞台裏なのだ。久瑠美は客席から見えないように注意しながら、ステージの方を覗いた。全身緑色、頭と背中に角が生えたカマキリっぽい怪人が、舞台裏にいる役者のセリフに合わせて、ステージの上を端から端へ移動したり立ち止まったりしている。

「ギリギリギリィ、お前達にはもう幸せな明日は来ないぃ。来るのは絶望という時間だけだぁ。ギリギリギリギリィ」

なにが「ギリギリ」よ……。ただでさえ虫が嫌いなのに、わざわざ虫っぽい格好をしてるのが許せない。怪人はほとんど知らないけど、あんな虫っぽい奴ばっかりなのだろうか。人に嫌悪感を抱かせるという意味では納得だけど。そんなことを思っていると、「デカ男」こと吉村が「素晴らしい」と熱っぽく呟いた。暗がりでもはっきりわかるくらい、目が潤んでいる。「何が？」と尋ねると、

「セリフと動作の完璧なマッチング、間の取り方、ポーズの見せ方だよ……。これはもう芸術の域だ……」

と滑らかに話した。普段はおどおどして人の目が見られない吉村が、打って変わったように目を輝かせ、つっかからずに難しい言葉を連発する。

（こいつ、筋金入りのオタクだ……）

もしかすると就職の動機はヒーローショーなのかもしれない。そんな気がする。女の直感は案外鋭いのだ。念仏を唱えるみたいにぶつぶつ言い続ける吉村はほっといて、久瑠美はもう一人の同期である大場美月に目を向けた。美月はさっきからずっと、両手で自分の耳を塞いでいる。肩が小刻みに揺れているのは震えているからだ。久瑠美は美月の肩にそっと手を載せた。美月は一瞬身体を強張らせたが、手を載せたのが久瑠美だと

わかると、安心したように両手を下ろした。

「久瑠美ちゃん……」

美月がか細い声で呼んだ。ここ数日で、久瑠美と美月はお互いのことを下の名前で呼ぶようになっていた。

「ん？」

「手を繫いでいい……？」

（え？）と思ったが、返事は「うん」。美月が久瑠美の手をそっと握ってきた。ドキッとするほどすべすべで柔らかい感触が、肌を通して伝わってくる。そっちの趣味はまったくないが、なんだか妙な気持ちだ。

「私……喋れる自信、ないよ……」

「私だってないよ」

美月はしばらく黙っていたが、

「私ね、昔から人前に立つの、すごく苦手なの……。ピアノの発表会もダンスの発表会も書道大会も弁論大会も、イヤでイヤで仕方なかった……」

そう、呟くように言った。

（イヤイヤっていう割にはいろんなことをやってるじゃない）

そうは思ったが、守ってもらいたいオーラが全開の美月を見ていると、励まさずにはおられない。

「お客さんはさ、ヒーローショーを見にきてるわけだし、こっちのことなんて全然関心がないから。自己紹介だけしてさっと引き上げれば大丈夫だよ」

これは本心だ。観客の多くは子供達だ。子供が見たいのはヒーローであって私達じゃない。新入社員がヒーローショーで入社式を行うのは恒例行事だと玉地から教えられた。その理由を玉地は「多分、度胸をつけさせるためだと思うけどね」と説明した。久瑠美もそうだと思う。しかし、ヒーローショーの最中に関係のない自分達が出ていけば、観客も戸惑うだろう。そういうところもなんかチグハグな気がしてならない。

「そうかな……」

「そうだよ」

力強く言うと、美月が小さく微笑んだ。あぁ、この笑顔が自分にもできたら、どんなに楽だろう。クールに見られがちな容貌と我慢する性格が災いして、自分にはこんな顔ができない。自分も存分に緊張しているのだが、やっぱり頼られる側に回ってしまう。

美月にちょっとだけジェラシーを覚えて、久瑠美は美月からステージへと視線を移した。ステージではもう五分以上、おどろおどろしい音楽と怪人の演説が続いている。七百人が座れる観客席は人でぎっしりと埋まっているが、子供達はこの状況にすっかり焦れて、立ち上がったり、後ろを振り返ったり、欠伸をしたりする子が目立っている。こんな最中に挨拶をすることにでもなったら大変だ。そう、玉地に入社式の挨拶のことを教えてもらった際、もう一つ重要なことを伝えられていた。それはステージに出るタイミングだ。

「あくまでもショーの一環として入社式は組み込まれているから、どこでMCさんが名前を呼ぶかわからない。ドキドキでしょ」

そういうドキドキはいらない。ドキドキは遊園地を訪れるお客がするものであって、裏方である社員がするものじゃない。これもディズニーランドのキャストをしていて学んだことだ。シンナーの匂いからは一刻も早く逃れたいが、名前を呼ばれるタイミングは今じゃないことを祈るしかない。

「貴様らの好きにはさせん！」

どこからともなく鋭い声が響いた。その瞬間、観客席の様子が一変するのが久瑠美にもわかった。子供だけでなく大人もステージの方に顔を向け、期待に目を輝かせている。

「来た来た来た……！」

吉村が震えるような声を出した。ちらりと見ると、本当に身体をぶるぶると震わせている。見上げるような大男が顔を紅潮させ、目を潤ませている様子は相当に気持ち悪いものがある。バリバリと大きなエンジン音を響かせて、ヒーローがバイクに乗って現れた。結構なスピードを出してステージを旋回するから、怪人や手下が右に左に慌てふためく。久瑠美には暴走族が暴れているかのような感じがしたが、観客席からはその度に何度も大きな拍手が起こった。

「出たなぁ、返り討ちにしてくれるわ！」

カマキリっぽい怪人が緑色の鎌の形をした腕を振った。それが合図だったのか、黒っぽい全身タイツ姿の手下達が、一斉にヒーローに群がった。観客には見え難い囲いの中でヒーローはバイクを停め、エンジンを切り、ちゃんとスタンドを立てている。ここは笑っちゃいけないところなんだろうけど、なんか可笑しい。そのうち、派手な乱闘が始まった。ヒーローのパンチ、キックが手下達に炸裂する。腕や足をふるうタイミングで「バシッ」「ドスッ」と音がする。連続パンチの時だって、その回数通りに音が鳴る。

（へぇ）

これには久瑠美も感心した。自分の中でショーと言えば、やっぱりディズニーランドのショーだ。キャラクター達が歌い踊る、本当に煌びやかな世界。そこでも声優の声と演者の動きを合わせることはあったが、パンチやキックなどはない。

「おのれ！」

カマキリっぽい怪人が怒った。白いガスを手から噴射すると、ヒーローがもんどりうってステージに倒れた。ヒーローショーは初めて見たが、いろんな仕掛けが施されているようだ。ヒーローの危機。知らず知らずのうちに引き込まれそうになった時、超ミニスカート姿のＭＣのお姉さんが放った言葉で我に返った。

「みんな、今日はヒーローのために、強力な仲間が来てくれているの」

ギョッとする。

（まさか、ここ……？）

タイミングとしては絶対にあり得ないような場面だ。

「ここに呼んでもいいかな」

MCのお姉さんが観客席に向かって尋ねると、子供達が一斉に「いいよ！」と声を張り上げた。キラキラした顔で。ここで子供達が出てくると信じているのは、ヒーローのピンチを救う新たなヒーローだ。そんな中、スーツ姿の私達がのこのこ出て行けば、この空気は一体どうなるのか……。想像するだけで恐ろしい。

「久瑠美ちゃん……」

美月が今にも泣き出しそうな顔で再び手を握ってくる。じっとりと汗ばんでいるのがわかる。もしかしたら、汗が滲んでるのは自分の方かもしれない。

「よーし、呼ぶよ！　せーの、お兄さ〜ん！　お姉さ〜ん！」

ステージの裏に集まった裏方さん達が一斉にこっちを見る。だが、まったく予期していなかったタイミングに、吉村も美月も、もちろん久瑠美も足が動かない。ベテランの裏方さんらしき人が、突っ立っている吉村の背中を早く行けって感じで押した。つんのめる格好で吉村がステージに飛び出すと、子供達の目が点になった。会場は静まり返り、ざわめきすらない。

「お前達もさっさと行け」

裏方さんに言われ、久瑠美は美月の手を引っ張って、凍りついたステージに走り出た。

「なんだ、お前らは！」

腕を振り上げながら、カマキリっぽい怪人が自己紹介の前振りをしてくれた。やるのは今だ。だが、吉村は固まったまま何も言わない。いや、言えない。直立不動で目は虚ろ、顔は汗でテカッている。美月も俯いたまま震えている。

「何しに来たって聞いている！」

親切な怪人がもう一度水を向けてくれた。

（ああっ、もう！）

久瑠美は一度深々と深呼吸すると、

「私達は東洋スーパーワンダーランドの新入社員よ！　ヒーロー、あなたの応援に来たの！」

と大声で叫んだ。途端、会場がざわめいた。そりゃこうなるわよ。スーツ姿の三人。まったく場違いな人間の登場。久瑠美は泣きそうな思いでなんとかその場に踏ん張り続けた。だが、手下や怪人だけでなく、きょとんとした感じでヒーローまでもがこっちを見ている。

（早くなんとか言ってよ！）

そうしたら自分達は舞台袖へ駆け足で引っ込むから。久瑠美は祈るような気持ちでヒーローを見つめた。ふいに観客席の方から子供の叫び声が響いた。観客席に降りていた手下の一人が、男の子の一人を抱き上げたのだ。

「ウワーッ！」

火のついたような鳴き声が会場の沈黙を破る。すると観客席から予期していない声が上がり始めた。

「挨拶なんかいいから子供を助けろ！」

「お姉ちゃん、ここで働くんなら、なんとかしてやれ！」

「それとも怪人の手先か！」

矢継ぎ早に野次が飛ぶ。まさか、矛先がこっちに向かってくるなんて思いもしなかったから、久瑠美は文字通りうろたえた。

「ちょっ……私……」

どうしていいかわからずその場に立ち尽くしていると、いきなり脱兎のごとく吉村が舞台袖に向かって走り出した。普段はぼーっとしてるくせに、こんなに機敏に動けるのかというくらい素晴らしい逃げ足だった。びっくりして吉村の背中を目で追っていると、「久瑠美ちゃん、ごめん」と言い残して美月も駆け去っていく。

（うそぉ！）

同期なんて所詮、なんの絆もない。ただ入った時が一緒だっただけ。一人置き去りにされ、まざまざと現実を見せつけられた感じだった。

（私も――）

走り出そうとした瞬間、誰かに腕を掴まれた。ヒーローだった。

「君も私と一緒に戦おう！」

「はぁっ？」

その言葉を合図に手下が散らばり、その中の四人が久瑠美の周りを取り囲んだ。中の一人、観客席に背中を向けている手下が、久瑠美に向かって「来い！　来い！」と盛んに合図を送ってくる。いきなりそんなことを言われても、こっちは素人だし、しかもスーツだし、ヒールだ。キックなんかしたら、それこそパンツ丸見えになる。ジリッと手下が久瑠美の包囲網を狭めてきた。もうどうにでもなれ！　我慢の限界が弾(はじ)けた。

「キェーッ！」

久瑠美は奇声を上げて、合図を送ってきた手下に殴りかかった。まるで激しいパンチを食らったかのように、手下が空中で一回転して倒れ込んだ。

「いいぞ、お姉ちゃん！」

観客席から歓声が上がる。次から次にかかってくる手下に、久瑠美は髪を振り乱してパンチを繰り出した。その間にヒーローは観客席に飛び降り、泣き叫ぶ男の子を悪の手から取り戻した。ＭＣのお姉さんが「ヒーロー頑張れ！　久瑠美ちゃん、頑張れ！」と声援を送る。すると、子供達もその後に続いて「頑張れぇぇぇ！」と声を張り上げた。会場は一気にヒートアップした。

「調子に乗りおって。まずは貴様から血祭りにあげてくれる」

カマキリっぽい怪人が腕をぶんぶんと振って近づいてくる。遠くからではわからなかったが、近くで見ると色、艶、触角の揺れまでが凄(すさ)まじくリアルだ。それにこの口。ぐじゃぐじゃっとして、ギザギザッとして、人とは絶対に相容(あいい)れない。まるで本物の虫が大きくなって襲いかかってきた感じがする。そう思った途端、久瑠美の全身にぞわっと悪寒が走った。頭は逃げようとするのだが、身体が動かない。腰が砕け、そのまま派手に後ろへ転倒した。その後自分がどうなったのか、久瑠美はよく覚えていない。最後に見たのは、片方のヒールが高々と宙を舞っている様子だった。

目を開けると、どこか知らない場所にいた。微(かす)かに病院のような匂いがする。

「気がついたね」

玉地の声がした。久瑠美が顔を声のした方に向けると、ドアの側に玉地と、その後ろに美月の姿が見えた。

「ここは……」

「医務室よ。お客さんが怪我(けが)をしたり、具合が悪くなったりした時用。でも、迷子の待機場所に使うことがほとんどね」

(迷子……)

まるで今の自分のようだ。久瑠美はベッドから上体を起こそうとした。すると、後頭部と腰にズキンと痛みが走った。

「無理しない、無理しない」

玉地に支えられて、なんとか身体を起こした。少し頭がクラクラする。

「ごめんね、久瑠美ちゃん……」

美月が申し訳なさそうに呟く。そうだ。だんだん思い出してきた。ヒーローショーの最中、吉村と美月が走り去って、自分一人が悪者達と戦う羽目になったのだ。

「波平さんさ、カマキラーが近寄ってきたら、いきなり後ろにぶっ倒れるんだもん。びっくりしちゃった」

あの時、本当に巨大な虫が迫ってきたような錯覚を覚えたのだ。

「あの虫、カマキラーっていうんですね……」

なんてセンスのない名前なんだろう。久瑠美はぼんやりとそんなことを思った。

「大丈夫？」

ぼんやりしている久瑠美を、玉地が下から覗き込むように見つめた。

「大丈夫です……。まだちょっとフラフラしますけど」

「脳震盪（のうしんとう）だからね。とにかく今日は家でしっかり休んで」

「私、久瑠美ちゃんを送ります」

美月が玉地に言った。「一人で大丈夫」と言いたかったが、やっぱりまだフラフラして、歩くのにちょっと自信がない。

「大場さん、お願いするわ。沼田次長には私から話しとくから」

美月に身体を支えられながら、ゆっくりと医務室を出て行く。

「それと、新人歓迎会は延期になったから」

あぁ、確かにそんなのがあった気がする。玉地の声を背中で聞きながら、久瑠美は遠い昔話を聞いているような気がした。

噂(うわさ)の男

別に自分のせいだとは思ってないし、思いたくもないが、新人歓迎会は予定されていた日より十日遅れて開かれた。場所は園と通りを挟んだ向かい側にある焼肉屋さんだ。案内された部屋はやけに細長かった。それもそのはず、普段は個室として仕切られている壁が全部取り外されている。その細長い部屋でTSWの遊園地事業部と上司、総勢三十六名はずらりと横並びに座った。このメンバーがTSWの中枢だ。だが、久瑠美にはなんの感慨もない。一年間、ここで頑張ったらホームに帰れる。頭の中にはそれしかない。たとえは悪いが、ここはあくまでも仮住まいだ。嫌われる必要はないが、好かれようとする努力もいらない。そこそこ、テキトー、無難に過ごせればそれでいい。回転ずしのお皿が淡々と廻るように、久瑠美は店員から渡された生ビールのジョッキを淡々と奥へと渡していった。

「それにしてもよ」

と男の声がした。声の主は遊園地課の係長、浜崎健吾だ。

「あん時きゃ最高だったよな」

赤ら顔で太り気味の身体を揺らしながら笑い出す。一瞬、（ん？）とは思ったが、浜崎とはこれまでほとんど接点がなかったから、久瑠美は最初、自分の話だとは気づいていなかった。

「軽く煽ったら、どんどんヒートアップしたからなぁ」

浜崎の言葉に笑いながら、同じ遊園地課の社員が一斉にこっちを見て笑い出した。

（煽ったら……）

その一言がひっかかる。

「なんの話ですか？」

尋ねると、「入社式だよ」と遊園地課の社員の一人が言った。

「まさか、ヒーローと一緒に戦い出すとはな。そんで、カマキラーが近づいてきたら失神。ゲストとしちゃこれ以上ないくらい最高だった。ねぇ、社長」

浜崎が宮川を見る。宮川は笑みを浮かべてそれに応えた。

（ちょちょちょっと待って……）

「じゃあ、あの時のお客さんの野次って……」

「俺達さ」

た。そんなタイミングで宮川から新人の配属が発表されることになった。

嘘……。サクラだったのだ。全部。怒りが込み上げるより、どっと身体から力が抜けた。そんなタイミングで宮川から新人の配属が発表されることになった。

「大場美月くん、君には宣伝課をお任せする」

一斉に拍手が起こる。美月は頬を赤らめて恥ずかしそうに一礼した。

「吉村豪太郎くん、君は遊園地課で頑張って欲しい」

「遊園地課……」

可愛らしい美月が宣伝課の方に回されたのは妥当だと思うが、ヒーローショーの企画に携わることを夢見ていたにちがいない吉村は、ショックのあまり呆然としていた。

（当然よ）と久瑠美は思う。ショーの最中、進行を無視して挨拶もせずに逃げ出すような真似をしたのだ。私が上司ならこんな奴は企画課にいらない。いくらヒーローや怪人に詳しくても、マニアと仕事では求められる質がまったく違うのだから。

「そして、波平久瑠美くん」

「はい」

「君には企画課で頑張って欲しい」

玉地と上園が拍手をした。続けて大きな拍手が起こる。久瑠美の心はまださっきの話を引きずっていたが、取り敢えず立ち上がって「よろしくお願いします」と頭を下げた。

乾杯が終わると、予想通り男性社員は美月の周りに群がった。それぞれにきっちり愛想を振りまきながら、美月は空いたグラスをめざとく見つけてはお酌をしていく。時々、

「そうなんですねぇ」とか「わぁ、凄い」とか相槌を入れながら。以前、美月は宣伝課より企画課に行きたいようなことを話していた。だが、美月の流れるような一連の動作を見ていると、完璧に宣伝課向きだという気がした。

「たまにいるのよね。男を転がす天性の素質を備えた子って」

玉地が煙草に火を点けながら、誰にともなく呟いた。

「玉地さんって煙草、吸うんですね」

「飲んだりしたら、たまにですね」

横入りして答えたのは上園だった。

「案山子、うるさい」

まるでハエでも追っ払うかのように、玉地が上園を払う仕草をした。だが、上園は「やめてくださいよぉ」と馴れ馴れしい声を出して、真っ赤になった顔でへらへらと笑っている。普段の無口で薄ぼんやりな姿とは大違いだ。

「前から聞こうって思ってたんですけど、上園さんってなんで案山子なんですか」

「まんまでしょうよ。お客さんが気味悪がって苦情がくるんだから」

玉地は一気にまくしたてると、「案山子、お客を追い払ってどうすんだよ」と上園の頭をはたいた。はたかれたところをさすりながら、上園が「エへ、エへ」と特徴的な笑い声を漏らす。普段は無口な上園だが、どうやらアルコールが入ると変貌する性質のようだ。玉地は「ふん」と鼻を鳴らして、ハイボールを飲みながら、再びゆったりと煙草をふかした。その様子は園で働いている時よりも格段に大人っぽく見えた。確か二十七歳とか言ってたはずだから、そんなに自分と離れているわけでもない。

「ところで波平さん」

「久瑠美でいいです」

玉地にはさんざん世話になっているし、随分と親しみも覚えるようになっている。玉地はちょっと恥ずかしそうに笑うと、「じゃあ久瑠美ちゃん」と呼んだ。

「馬肉って食べたこと、ある？」

久瑠美はしばらく考えて、「ないと思います。もしかすると子供の頃に一回くらい食べたことがあるのかもしれないけど」と答えた。記憶にはないし、そもそも馬を食べ物として考えたこともない。

「馬って美味しいんですか……」

おそるおそる尋ねると、玉地はニヤリと笑った。ちょうど空いたお皿を抱えて厨房に持ち去ろうとしている若い店員の裾を捕まえ、「馬肉持ってきて」と言った。

「いいんすか？　高いっすよ」

「そんなの知ってるわよ。今日は社長のおごりだから」

若い店員は「あぁそうか」と言うと、「いいとこ持ってきます」と告げて立ち去った。どうやら園の関係者はここをしょっちゅう使っているのだろう。店側も園の側も、受け答えに一切遠慮する様子は見えなかった。待つこと十分。久瑠美の前に馬肉が並んだ。

「こっちがコウネとブチアテの刺身。これは内モモのタタキ。それからヒレ、ロース、これがフタエゴ――」

玉地は指さしながら肉の部位を説明していく。ブチアテとかフタエゴとか聞いたことのない名前に軽く恐怖を感じつつ、急かされて馬刺しに箸を伸ばした。ふわっとした触感と生姜醤油が口の中で混ざり合い、すっと溶けていく。

「美味しい……」

本音だった。

「でしょう」

玉地が当然といった顔で頷く。

「玉地さんって食通なんですね」

「私も弥生でいいわよ」

(そっか、下の名前、弥生って言うんだっけ)

案外古風な名前なんだよなと思いつつ、「じゃあ弥生さん」と呼んだ。玉地あらため弥生が笑う。笑うと少し離れた目が半月のようになって、とても愛嬌のある表情になった。

「では」

弥生がグラスを掲げる。久瑠美もビールジョッキを掲げると乾杯した。カナンと音がして、美月がこっちを見た。表情は柔らかいが、どことなく目が笑っていない。男は知らないだろうけど、女の世界はこんなところが恐ろしい。

宮川社長以下、上司の面々は一次会で去った。あとの懇親は若い者だけでということらしい。「なんかお見合いみたいですね」という久瑠美に、「お金払いたくないだけかも」と弥生が現実的な切り返しをした。二次会はこれまた園のすぐ近くにあるカラオケバーとなった。久瑠美達は大きめの部屋に通された。ここでも相変わらず美月は男達に囲まれ、吉村はポツンとソファに座ってぶつぶつ独り言を呟きながら飲んでいる。久瑠美は弥生と上園の隣に座って、ハイボールをお代りした。

「それにしてもみんなよく飲みますねぇ」

焼肉屋でも相当な勢いでグラスが空になったが、カラオケバーでもその勢いは止まらない。

「うちの事業部は他所(よそ)と違って宴会が多いからねぇ。業者や関連会社、スポンサー、テレビ局、たまにタレントさん」

少しだけ頬を赤らめた弥生の説明を聞きながら、久瑠美はなるほどと思った。

「でも、絶対それだけじゃないですよ。やっぱ小塚(こづか)さんがいるからでしょう」

上園はもはや目が据わっている。息も相当酒臭い。久瑠美は弥生に話しかける風を装って顔を背けた。

「あの人、酒豪ですからねぇ。でも、誰も潰れたとこ、見たことがないという」

「時々、出てきますよね、その人の名前」

ＴＳＷに来てからずっと気になっていたのだ。「小塚さん」という名前。社員だけでなく、業者さんやヒーローショーの出演者、裏方さん達からもその名前を聞いたことがある。しかも、誰もが親しみを込めて呼んでいる感じがした。

「どんな人なんですか？」

「そうねぇ……」

弥生が灰皿を眺めて考え出す横からまたしても上園が割り込んできた。

「名前、小塚慶彦（よしひこ）。性別、男。年齢、三十歳。所属は企画課で――」

「そんなこと聞いてんじゃないの！」

弥生が上園を押しやる。

「一言でいうと、【ザ・遊園地】って感じかな」

「え……」

まったくわからない。首を傾（かし）げると再び上園が絡んできた。

「事務所の壁に貼ってある五箇条の鉄則があるでしょう。あれを作った人ですよ」

上園の言う五箇条の鉄則とは、
　一つ、お客の前では笑顔を絶やさず、大声を上げない。

　一つ、どんなに辛くても、お客の前でトイレとは言わない。

一つ、園内は決して走らない。
一つ、園に落ちているものはすべて落し物とみなす。
一つ、何があっても緊急車両は入れない。

というものだ。実は最初にこの貼り紙に気づいた時、笑ってしまった。ディズニーランドのキャストなら、こんなことは言われるまでもなく常識的な感覚として備わっている。それをあえて貼り出すところがセンスの無さであり、田舎の遊園地だと思ったからだ。特に最後の一文。確かに緊急車両は遊園地には不似合いだ。サイレンを聞くと夢から覚めて現実に戻ってしまう。だが、「何があっても」呼ばないということは絶対にあり得ない。強盗、病気、火事、不測の事態はいくらだってある。そこをあえて「何があっても」と書き込むことに、小塚という人物の人となりが透けて見えるようだった。

「久瑠美も会えばわかるよ」

（いつの間にか呼び捨てになってる……）とは思ったが、そこはこの際スルーすることにした。

「でも私、いまだにその人に会ったことないですよ」

「ミャンマーにいるからね」

「ミャンマーってあの、東南アジアのミャンマーですか？」

「他にミャンマーってある？」

弥生が煙草を灰皿に押し付けた。

「そんなとこでなにしてるんですか？」

「昆虫採集です」

「エヘエヘ」と上園が笑う。久瑠美は昆虫採集と聞いてギョッとしたが、上園の態度を見てからかわれたと思った。

「お前は昼間みたいに黙ってろ！」

再び弥生が上園を押しやろうとする。しかし、上園はポケットからスマホを取り出し、「ほら、これ」と久瑠美に見せた。そこにはヒーローショーの怪人にそっくりなカマキリが大写しされている。

「小塚さんがタイで撮ってきた写真なんです。他にもいろんな国の虫の写真がありますよ」

もういい。これ以上見たくない。そう思った矢先、弥生が上園のスマホを奪って遠くに放り投げた。「ああっ」と情けない声を発して上園がスマホを取りにいく。

「ごめんね。あいつ、悪気はないんだけど」

「いえ……。それで、ほんとは何しに行ってるんですか？」

「何が？　あぁ、小塚さんね。ゾウの調教よ」

久瑠美は再びからかわれたのかと思ったが、弥生が真面目な顔で「そろそろ三ヵ月目ね」と呟いた。

「十五頭に芸を仕込んで、エレファントショーをやるんだって息巻いてたから」

エレファントショーをやるために、十五頭のゾウに芸を仕込む。それはわかる。でも、そのためにどうして園の社員がミャンマーまで行かなければいけないのだろうか。しかも三ヵ月も。ゾウと調教師をスカウトして連れ帰れば済むだけの話ではないのかと思った。

「もしかしてその人、調教師とか?」

「バカねぇ、違うわよ」

「じゃあ、どうして……」

「さぁ、どうしてでしょう」

弥生はちょっと首を傾げて笑った。

「帰って来たら本人に聞いてみたら」

「はぁ」

なんだか全然わからない。人物像が浮かんでこない。ただ、虫が好きという点だけはわかった。海外まで昆虫採集に行くほどの虫好きなんて、絶対に自分とは合わないということも。小塚の話はそこで切り上げ、久瑠美は氷が解けて薄くなりかけたハイボールを口に運んだ。


雨が止むたびに日差しが強くなり、草木の緑が濃くなっていく。あれほど咲き誇っていた川べりの桜の花は一斉に散り、今はもうどの木も葉桜になった。久瑠美はその様子を眺めながら、来年はもう、この木を見ることはないのだと思った。

「一年頑張ってくれ。そうすれば君を必ずホームに帰す」

次長である沼田の言葉は大きく胸に響いている。一年という時間は途方もなく長く感じるが、区切りができた分だけ、以前のような不安は感じない。一年経てば、東京に戻れる。秀一郎にも自由に会える。それを心の支えにして踏ん張っていける。

「おはようございます」

久瑠美は勢いよく事務所のドアを開けた。

このところＴＳＷは一気に慌ただしさが増し始めた。本格的に春催事期間へと突入したためだ。春は自然も人も活発になる。遊園地にとっても春休みやゴールデンウィークは書き入れ時だ。この時期の成否で年間動員数も、社員の夏のボーナスも決まるのだと社員の誰かが話していた。

「私の勘では、今年のＧＷは雨が降らない。すべての部署が協力し、最大の集客が実現できるよう頑張ってもらいたい」

根拠が「私の勘」という、なんともおぼつかないものだが、宮川社長の号令のもと、社員の目の色が変わるのを久瑠美も敏感に感じた。ただ、園には一つだけ大きな心配事があった。それはイベントの中身だ。十五頭のエレファントショー。果たしてこれが実現できるのかどうか、いまだ正確なところがわからない。こちらから何度連絡しても、小塚からの返答がない状況が続いている。

「一体どうなってるんだ！」

沼田次長のイライラは日増しに強くなる一方だ。それもそのはず、ポスターにはエレファントショーが記載され、日にちまで銘打たれている。九州一円のテレビ局にもすでにCMは流れているし、ホテルとブッキングした旅行代理店のツアーも組まれている。

「今更、できませんでしたじゃ済まないところまで来てるんだぞ！」

直接、責任を被る立場の沼田は気が気じゃないようで、いつものダンディーさはすっかり影を潜め、イライラと廊下を歩いていたり、胃薬を飲んだりと落ち着かない。煽りを食って怒鳴られているのは案山子の上園だ。そんな様子を横目で見ながら、「今は可能な限り、沼田に近づくんじゃないよ」と弥生に念を押された。（それにしても）と久瑠美は思う。できるかできないかわからないものを告知するからこんなことになるのではないか。ディズニーランドではこんな滑稽なことはまず起こらない。きちんと段取りをして、準備をし、契約をして、ショーを行う。これが当たり前の流れだ。その当たり前がここにはない。

ある日、久瑠美は事務所にかかってきた一本の電話を取った。

「もしもし、TSW遊園地事業部でございます」

「よっ」

やけに馴れ馴れしい物言い。一瞬、（何？）とは思ったけど、それぐらいで動揺したりはしない。こっちはディズニーランドのキャストとして、徹底的に接客を身に付けてきた自信がある。

「失礼ですが、どちら様でしょうか」

久瑠美は明るく、優しく、爽やかに聞き直した。相手は自分の名前を答えることなく、用件だけを伝えた。

「今、象を連れて南シナ海を北上中」

（あっ！）

今度はさすがにちょっと動揺した。小塚慶彦。この男が、電話の向こうのこの男が、目下社員を混乱に陥れている張本人なのだ。久瑠美はわざと事務所全体に聞こえるように、「今、象を連れて南シナ海を北上してるんですね」と大声で小塚の言葉を繰り返した。久瑠美の声を聞いて社員達が一斉にこっちに顔を向けた。

「お前、誰？」

会ったこともない人に「お前」呼ばわりされる筋合いはないんだけれど、「私は――」と久瑠美が名乗ろうとした。だが、名前を告げる前に、沼田次長が「電話を回せ！」と合図した。

「少々お待ちください」

久瑠美が受話器を下ろすと同時に、

「小塚！　お前、何してたんだ！」

椅子から立ち上がって沼田が怒鳴るのを、久瑠美を含め、その場にいる全員が黙って聞いていた。

「え？　何、それはほんとなんだな。……わかった、話の続きはお前が帰ってきてからだ。覚悟しておけよ」

壊れるんじゃないかという勢いで沼田は受話器をもとに戻した。

「みんな聞いてくれ。小塚が象と調教師を連れて、南シナ海を北上中だ。到着予定日は四月二十日。三池（みいけ）港にトラックを用意して欲しいとのことだった。すぐに手配するように。私はこのことを社長に報告してくる」

沼田が急ぎ足で出て行くと、事務所は割れんばかりの歓声に包まれた。上園も弥生も誰もが笑っている。久瑠美はその光景をひどく冷めた目で眺めた。（だってそうじゃない）今、この園は小塚一人に振り回されているのだ。喜ぶ前に怒るのが当然でしょう。沼田の反応が一番まともだと思う。

「さすが、小塚さんだなぁ」

社員の誰かが嬉しそうに声を上げた。その声を聞きながら、久瑠美はあらためて思った。

（やっぱりここはダメだ）

まだ暗い朝五時半に園のゲート前に集合した沼田、弥生、上園、久瑠美の四人は、上園の運転するバンで三池港に向かった。車内では弥生が用意してくれたホットコーヒーとサンドイッチを食べた。さすがは弥生だ、気配りが違う。だが、車内は静かで、みんな眠いのか、それとも沼田がいるからなのか、ほとんど会話はなかった。十五分程で三池港に着いた。岸壁には早朝にもかかわらず、すでに沢山の人だかりができていた。地元の人だけでなく、マスコミや警察、果ては商売をあてこんで出店までが並んでいる。久瑠美はてっきり宣伝課が地元の自治体やマスコミに連絡をしたからだとばかり思っていたが、弥生は「そんなことはしていない」と首を振る。

「どうせ小塚の仕業に決まってる……」

忌々しそうに沼田が吐き捨てる。

「あいつは自分の業績をアピールすることが大好きだからな」

「園のアピールをしようとしてるんだと思いますけど」

弥生の口調はやんわりとしていたが、沼田の言葉に真っ向から異を唱えていた。

「お前ら、グルか?」

沼田の顔つきが固くなった。

「いいえ。なんの打ち合わせもしてません」

「だったらなぜそう思う」

「これまでの小塚さんのやり方を見ていると、そうなのかぁって」

沼田と弥生のやり取りを上園がはらはらした様子で眺めている。その緊張を破るように、貨物船が大きく汽笛を鳴らした。久瑠美達はバンから離れ、貨物船が着岸する場所に向かって歩き出した。タグボートにゆっくりと押されながら、貨物船が岸壁に横付けされた。タラップが降ろされ、船員に交じって真っ黒に日焼けした男が甲板に現れた。

「小塚さーん！」

上園が名前を呼んで手を振ると、日焼けした男がこちらに気づいて大きく手を振った。

（あの人が……）

顔まではよくわからなかったが、髪を後ろに束ねている。久瑠美が想像していたよりもずっと逞しい感じだった。象はクレーンで檻ごと岸壁に降ろされた。調教師が檻を開けるとおぼつかない足取りで外へ出てくる。やがて、象が横一列に並ぶと歓声が沸いた。小塚は代表して幼稚園児から歓迎の花束を受け取った。一斉にカメラのフラッシュがたかれる。その光の中で小塚は満面の笑みを浮かべていた。

「ちょっと待って……。十四頭しかいないけど……」

ふいに弥生が不安そうな声を漏らした。

「なんだって……」

沼田が慌てて数をかぞえる。久瑠美も目で象の数を追った。何度数えても岸壁にいるのは十四頭だ。

「広告には十五頭の象って書いてありましたよね……」

新聞やテレビはこれをどう報道するのだろう。宣伝した以上、たとえ一頭だけとはいえ欠けていたら、これはあきらかなルール違反である。撮影を終えた小塚が久瑠美達の方へ悠々と近づいてきた。遠くからではわからなかったが、案外背は低かった。ヒールを履けば、自分とほぼ同じくらいになるかもしれない。

「お出迎え、ありがとうございます。小塚慶彦、ただいま戻りました。いやぁ、久し振りの日本だ、やっぱいいなぁ。空気が違う」

日焼けしているから、大きな目と歯がやけに白く目立つ。だが、それ以上に目立ったのは匂いだ。小塚の身体からはとんでもない異臭がした。

「ちょっとなに、その髪。それと匂い……」

弥生が鼻を摘まみながら尋ねる。

「髪はしょうがねぇだろう。ジャングルに床屋なんてねぇんだから」

小塚は自分のシャツを嗅いだ。ベージュかと思ったが、よくみると襟の部分は白い。汚れているのだ。

「そんなに酷いか？」

「酷いなんてもんじゃないわよ」

「ずっと象と一緒だったからなぁ」

自分では何も感じない。そう言って小塚は笑った。

「そんなことよりだ。小塚、どういうことか説明しろ」

ハンカチで口元を押さえた沼田の口調には、あきらかに怒りが混じっている。

「どうって？」

沼田は象の方を指さした。

「一頭少ない！」

小塚はマスコミが写真を撮っている象の一団に視線を向けると、「あぁ、あれですね」と頷く。

「船旅の途中で死んだんです。みんなで看病したんですけどね……。可哀想でした」

「お前、それじゃ済まないだろう！　死体とかを見せないと記者は納得しないぞ」

「死体はありません」

「はぁ？」

「途中で海に捨てたんです。そうしないと他の象達が病気になるからって。でも、大丈夫ですよ次長。右から四番目の象、チャイーって言うんですけどね、妊娠してるんです。お腹の子まで入れたら全部できっかり十五頭になります」

沼田は絶句して口をパクパクさせた。追い打ちをかけるように、「マスコミさんが次長のインタビューを取りたいって言ってましたよ」と小塚が告げたため、沼田は慌ててその場を離れた。

「今の話――」

「疑ってんのか？　全部ほんとの話さ」

「まったく……。運があるんだか無いんだか」

弥生が笑う。

「まぁな」

小塚もつられるように笑った。

「案山子、元気してたか？」

ポンポンと頭を叩かれ、上園は今にも嬉し泣きしそうな顔で頷いている。

「ほら、土産だ」

そういってズボンから何かを取り出した。それは、マッチ箱に入った虫の死骸だった。

「ギャッ！」と喚いて久瑠美は仰け反った。小塚はそんな反応は慣れているとでもいう風に久瑠美を無視した。

「どうだ、本物のトガリメチビカマキリだぞ。この鎌の緑と黄色の模様、すげぇだろ。ここまでくると芸術だよな」

「はい」

何が「はい」なんだかわからない。そんな光景を久瑠美は離れた場所で眺めていた。それを早く仕舞えと念じながら。

ふと、小塚が久瑠美の方を見た。

「あんたは？」

「波平久瑠美です……」

「あ、もしかして、この前電話に出た？」

「そう。企画課の新人さん」

「へぇ」

小塚がジロジロと見た。まるで品定めでもされてる感じがして、気持ちが悪い。

「国は？」

（国って……）

「東京ですけど」

「ラーメンは？」

「食べますけど……」

「何派？」

（え、流派とかあんの……？）

「しょうゆです」

「酒は？」

「ハイボールなら」

「肉は？」

「この前、馬刺しなら食べましたけど……」

「じゃあ虫は？」

そう言って小塚はトガリメなんとかというカマキリの入った箱を見せた。思わず「ヒヤッ！」と声が出る。

「いいねぇ」

小塚は久瑠美の様子にニヤリと笑った。

「案山子、今夜、事業部の連中を集めてくれ。俺の帰国パーティーだ」

「わかりました」

「あんまし寝れてねぇんだ。車で待ってる」

一気にまくしたてると、すたすたとバンの方へと歩き出した。この男が沢山の人に慕われていて、【ザ・遊園地】という存在なのか。あり得ない。久瑠美が知っているディズニーランドの社員達とはもはや別次元だ。大きく背伸びをしながら歩いていく小塚慶彦の後ろ姿を眺めながら、久瑠美はますますこの園はダメだという気持ちを強めた。

第三章

春催事

驚いたことに、宮川社長の予言は的中した。気象庁の予報では、熊本地方は高気圧に覆われ、GWは見事な晴天の連続になるとされた。とはいえ、だ。晴れるからといってお客が押し寄せるとは限らない。海外旅行に行く人もいれば、デパート、映画、動物園にキャンプと他に遊び場はたくさんある。なんと言おうと、ここはディズニーランドではない。燦然と輝く夢の国ではないのだから。

だが、久瑠美の予想は外れた。いつもはあれほど閑散としている駐車場は、今やびっしりと車に覆われていた。押し寄せる車の波は到底正面の駐車場だけでは足りず、第二、第三駐車場、ついにはゴルフ場を臨時の駐車場に変更して対応するほどだった。普段は駐車場係の休憩所の主としてのんびり囲碁をしている鶴太郎（つるたろう）さんも、この時ばかりは顔つきが変わり、あっちこっちの駐車場を自転車で行き来しては、アルバイトの警備員にてきぱきと指示を飛ばしている。それでもなお、園を訪れる客で道路は大渋滞になった。ゲート前には家族連れや学生グループ、社員旅行風の人々、また、中国や韓国などアジアからの観光客で長蛇の列ができており、最後尾を知らせるプラカードを上園が掲げている。普段は気持ち悪がられて客まで追い払う案山子だと揶揄(やゆ)される上園だが、今やその負のオーラも霞むくらい、無数の人の波に押し潰されそうになってもがいている。

園内に目を向けると、人気のあるジェットコースターや観覧車は二時間待ちが当たり前。初めて見た時、（ここは温泉地か）とバカにしていた射的場や輪投げにも人だかりが生まれている。それだけじゃない。今やどの遊具にも人が群がり、歩くのも困難なほどだった。人が来れば当然腹も減るし喉も渇く。出るものも出る。売店では飛ぶように商品が売れ、業者がひっきりなしに商品をピストン輸送し補充し続けている。トイレも行き交う人で溢れんばかりだ。

社員はもちろん、臨時雇いのアルバイトまで総動員して、連日対応に追われていた。出勤前、昨日までのことは夢だと思ってみても、いざ出勤してみると、そこには現実が待っている。認めたくはないが、それはまるで、ディズニーランドを彷彿(ほうふつ)とさせる光景だった。

この凄まじい状況を作り出しているのが、小塚が仕掛けた十五頭（本当は十四頭とお腹の赤ちゃん）のエレファントショーであることは疑う余地がない。園内のほぼ中央にある半円形のステージ、座席数七百人のところが、連日立ち見で溢れ返った。象が芸をする。そんなものはサーカスや幾つかの動物園でも昔からやっており、やり尽くされたネタだと思っていた。だが、十四頭ともなると、壮観さは一気に増す。象は調教師の指示をしっかりと聞いて、椅子に座ったり、ボール遊びをしたり、楽器を吹いたり、鼻で筆を摑んで絵を描いたりした。それだけでも十分な拍手を得られたが、小塚はショーのあと、触れ合いタイムを設けて、客を象の背中に乗せたり、鼻に乗せてブランコをさせたりした。

ＴＳＷが開園して四十六年。約半世紀の歴史の中で、ＧＷ期間中、一日の入場者数の記録は八万人だ。しかし、この十年ほどはその半分の四万人、もしくはそれ以下で推移している。だが、今年は違った。昨年のＧＷ集客率と比較しても、１８０％増し。事務所の壁に貼られた手作りのグラフには、赤線で急上昇する入場者数が示されている。社員の誰もが疲れ切ってはいたが、同時に喜びも感じていた。やはり、遊園地という場所は客があってこそ成立する。人の笑顔、笑い声が溢れてこそ遊園地なのだ。

さて、こうなってくると必ず生まれる現象がある。迷子だ。子供は自分の興味のあるものを見つけると、全力でそれに意識を傾ける。そうなったら親の言うことなど耳には入らない。しかも、子供は小さい。すぐに人の波に隠れてしまう。久瑠美はキャスト時代、ある異名を持っていた。その名も【ザ・レーダー】。すなわち、探知機。迷子を見つけると、まずその子供から話を聞く。その際、「どこから来たの」とか「どこにいたの」とかは聞かない。そんなことを尋ねても子供はわからないし、たとえ答えられても意味不明な場合が多い。だから、「何を見てたの」と聞くようにしていた。この問いに答えられる子供は多かった。「木のおもちゃ」「風船のおじさん」「お城」などなど断片的ではあるが、園の地図が頭の中に入ってるこちらとすれば、それだけで十分ピンときた。子供を連れて向かうのは、迷子の待機所ではなくはぐれた場所。理由は探す側の親の心理だ。親は子供とはぐれた場所を覚えているから、一度探しに出ても、何度も同じ場所に立ち戻る。しばらく子供と一緒にその場にいると、たいてい親と巡り合うことができた。この話は弥生や美月にも伝えてある。きっと彼女達は今、これを実践していることだろう。

（あぁ、私もやりたかったなぁ）

【ザ・レーダー】と崇められていた頃の血が疼く。だが、久瑠美には別の役割が固く、きつく、命じられていた。指示したのはアイツ——小塚慶彦だ。

「小塚は魔法使い」

最近、そんな声をあちこちで耳にする。もちろん称賛の声だ。そういえば、ここに来た時、宮川から「この場所をオズの魔法使いが棲むような国にしたい」と聞かされたことがあった。小塚が魔法使いと言われているのは、案外宮川が言い出したことなのかもしれない。確かに小塚の仕掛けは当たった。でも、小塚の得意げな顔を見ているとげんなりしてくる。ポスター作りからマスコミへの売り込みにいたるまで、弥生達宣伝課の尽力があったからこその盛況なのに、小塚はまるで自分一人の手柄だと言わんばかりに肩で風を切って歩いていた。
　そんな園の賑わいを余所に、久瑠美の一日の仕事はひっそり人気のない場所で行われていた。象の後始末。すなわち、ひたすらウンコの掃除だ。そりゃあ象はライオンやトラと違って主食は草や穀類、果物だ。だが、草食だからといってもウンコはウンコ、臭いはあるし、何よりサイズがあきれるくらい大きい。それが十四頭もいるのだ。取っても取っても次から次に新しい塊が現れる。ガソリンスタンドの店員が着ているような作業服に身を包み、スコップを片手にひたすら穴の中に埋める日々……。手のひらのあちこちにはマメができ、服には臭いと染みがべっとりと付く。しかも、糞尿に強烈な酸でも混じっているのか、みるみるスコップの金属部分が腐食した。それだけでも十分酷いのに、久瑠美をひたすら苦しめているのはやはり虫だった。ムカデのような肢が何本もある奴から、丸くて黒くて硬い甲羅を持った奴、はたまた白い幼虫まで……。久瑠美のスマホにはこの一週間だけで十数種類の虫の写メが増えた。

【アミーゴへ
なんか最近、ますます虫パワーが加速してるね。こっちが追い付かなくなるくらいだよ（笑）】

矢継ぎ早に写メを送っているから、【虫天国】の管理人も驚きを隠せないようだ。

【先日からウンコ絡みの話が多いけど、いったいぜんたいどんな動物のウンコなんだい？】

正直に象と答える。

（相手は私の仕事、動物園の飼育係かなんかだと思うかもしれない）

【象！　それはそれは。なかなかなもんだね（笑）　僕もちょっと象には詳しいんだ】

（なんでアンタが？）

【ちなみにスリランカには象のウンコの中に棲んでるカエルがいる。きっと虫が沢山寄るから、食べ物には困らないんだろう。臭いさえ我慢すれば（大笑）】

最後の文面には返信しなかった。そんな他所の国のことなんかどうでもいい。今は目の前のことしか考えられない。

熱気の残った園を出て、アパートに帰りつくとひたすら泥のように眠った。食欲はなく、でもなぜか、体重は落ちない。不健康なのだが、日焼けのせいで誰もそうは思ってくれない。なんだかやけに虚しい。虚しいといえば、こんな最中、二十三歳になった。これまで生きてきた中で最悪の誕生日だった。

GWも折り返しに入った頃、朝礼を終えた後で、小塚が社長室に戻ろうとする宮川に声をかけた。

「ショーの始まりと終わり、つまり象が象舎から出る時と戻る時なんですが、今のルートを少し延長して、お客を背中に乗せて歩かせたいと思うんですが」

「それは危険だ」

真っ先に沼田が反対を唱えた。

「園内が客でごった返してるのはお前も知ってるだろう。そんな中を、象を練り歩かせて、興奮して暴れられでもしたらどうする、お前、責任取れるのか？」

沼田の言葉はもっともだと久瑠美も思った。アジアゾウはアフリカゾウに比べたら小型とはいえ、近くに寄るとやはり大きい。体長は約6m、体重はオスで5000kgを優に超える。そんな象が暴れはじめたら止める術はない。しかも、一頭ではないのだ。下手をすると怪我よりも酷い事態が起こるかもしれない。しかし、小塚は笑っていた。まるで、沼田から反対意見が出るのを予期していたかのように、余裕たっぷりの笑みで。

「ちょっとこれを見てください」

　小塚はポケットからスマホを取り出すと、宮川社長に差し出した。宮川と沼田が覗き込む後ろから、久瑠美もかろうじて覗き見ることができた。それは、ごった返す人の波を器用に避けながら行進する象の動画だった。

「これ、ヤンゴンの市場で撮ったんですがね、人も多いし、いろんなところから食い物の匂いはするしで、けっこう大変なとこなんですよ。でもね、象はまったく暴れたりはしませんでした。ちゃんと調教師の言うことを聞いて、決まったルートを歩いてくれましたよ」

　その口振りはどうだと言わんばかりだ。宮川は小塚の説明を聞きながら、じっと動画に見入っている。やがて、「どれくらい練習したんだ？」と尋ねた。

「約二週間……くらいですかね」

「小さなトラブルは？」

「一度もありません。転がってきた果物を踏んづけたのがトラブルと言われれば、一回ですが」

　久瑠美はここで初めて思い至った。小塚は園での状況を想定し、あらかじめ現地で予行演習を行ってきたのだ。

「許可しよう」

　宮川が言うと、小塚は「ありがとうございます」と言って頭を下げた。

（なんて抜かりのない奴……）

真っ黒に日焼けした小塚の横顔を、久瑠美は忌々しげに見つめた。

「社長！　ミャンマーとここではまったく状況が違います。象達もどうなるか――」

沼田が食い下がるのを尻目に、もう用事は済んだとばかり、小塚は久瑠美の背中をぐいぐいと押して部屋を出た。

「ちょっと、止めてください！」

久瑠美は廊下に出たところで小塚の手を振り払った。

「むやみに女性の身体に触れるのはセクハラですよ」

「俺にだって好みはある」

「だって」という言い草にカチンとくる。久瑠美は思わず小塚を睨んだ。

「なんだ、その目は？」

「別に」

久瑠美はいつものように爆発しそうな気持ちをぐっと抑え込んだ。

「言いたいことがあるんなら言ってみろよ」

正直、山ほどある。言いたいことは。しかし、久瑠美は（冷静になれ冷静になれ）と自らに言い聞かせた。そして、「じゃあ一つだけ」と口に出した。

「調教師の人達にも後始末の手伝いをさせてください」

久瑠美の惨状が見えているはずなのに、調教師は一切、手伝おうとはしなかった。シヨーが終わるとさっさと象舎に象を入れ、あとは隣接する小屋の中で昼寝をしたり、ゲームをしたりしてくつろいでいる。それを横目で見ながら久瑠美は毎日格闘を続けている。たった一人で。新入社員の若い女の子に朝から晩までウンコの掃除をさせるなんて、この会社の良識を疑うには十分だ。そんな中、沼田だけは久瑠美の立場に同情してくれた。しかし、押し寄せる客の対応のため、久瑠美のサポートに回す人の余裕はないと申し訳なさそうに伝えてきた。

「波平（なみへい）」

「波平（なみひら）です」

「そりゃ無理だ」

「どうして……」

「契約に入ってない」

「だったらあらためてお願いすれば――」

「連中の仕事は象の調教だ。それ以外のことはすべてこちらで賄（まかな）う。それが契約だ。破れば仕事に支障が出る」

きっぱりとした物言いだった。いや、冷たいと言った方がいいかもしれない。こちらの心情に1㎜だって寄りそおうとしない。同情の欠片すらなかった。

「そうですか。わかりました」

この人には何を言っても無駄だった。久瑠美がその場を離れようとすると、「今日の午後のショーから象の行進をやるから、お前、殿（しんがり）な」と小塚が言った。

「殿……？」

足を止めて小塚の方を振り返る。

「なんだお前、大学出てんのに、殿って言葉も知らないのか」

（悪かったわね）

「一番後ろって意味だ」

ということは、自分が一番後ろから付いて歩きながら、象と客の適切な距離を取れということなのだろう。

「わかりました……」

久瑠美は不貞腐れ気味に返事をした。

「ほんとにわかってんのか？」

「わかってますよ！」

「じゃあ、スコップと袋、忘れんなよ」

きょとんとした久瑠美の顔を見て、小塚が片方の眉を吊り上げる。これは相手をバカにした時の小塚の癖だ。

「やっぱりわかってねぇじゃねぇか」

小塚が説明を始めた。

「いいか、象が園内を行進する時だって、もよおすことはあるだろう。出物腫物、ところ嫌わずだ。お前は後ろから付いてきて、それをさっと掃除する。そうすりゃお客が踏んづけなくてもすむってもんだ」

　人前でウンコの掃除をさせられるのか……。人目から離れたところならいざ知らず、大勢の見ている前で……。

「お前さ、ディズニーランドでキャストやってたんだろう。そん時のことを思い出して、ドンと出たらサッと片付けりゃそれでいいんだよ」

「イヤです！」

　キャスト時代のことを持ち出されて、黙っていられなくなった。

「イヤとかじゃねぇ。これはお前の仕事だ」

　小塚が凄んだ。

「私は象の後始末をしにここに来たんじゃありません！」

　久瑠美は会話を断ち切り、そのまま廊下を走って女子トイレに駆け込んだ。ドアを閉めた途端、大粒の涙が一気に溢れ出した。我慢していた心が弾けた。涙はどんどん溢れ、みるみるうちに服を濡らした。もうどうにでもなれ。このままクビになっても構わない。本気でそう思った。それからどれくらい経っただろう……。十分、いや、二十分くらいか。結局、小塚が呼びに来ることはなかった。もしかすると話を聞いて、弥生か美月が心配して来てくれるかもと思ったが、そんなこともなかった。もちろん、沼田が声をかけてくれることも。

（どうせ、一人なんだ……）

諦めたような悟ったような気持ちになると、少しだけ冷静になれた。久瑠美はそっとドアを開けて様子を窺った。トイレには人のいる気配はない。廊下にもだ。トイレから出ると、自分の顔を鏡で見た。アイメイクは剝がれ落ち、日焼け止めにしっかりめに塗ったファンデもむらになっている。涙で目は腫れぼったい。なんとも情けない顔がそこにはあった。乱暴に水を飛ばして顔を洗う。冷たい感触が火照った心には丁度良かった。

廊下に出た途端、足が止まった。そこには真新しいスコップと大きなビニール袋が置かれていた。誰が置いたのか、あえて聞く必要などない。小塚にこっちの気持ちをわかってもらおうなんて思ったのが間違いだった。あの男は血も涙もない。ただ、自分の存在価値が高まればそれでいいのだ。それだけの男なのだ。

（だったら――）

久瑠美はスコップとビニール袋を手に取った。きっちりと仕事をこなしてやる。誰の手も借りず、自分だけの力で。なんの落ち度もなく完璧に。そして、小塚を見返してやるのだ。

（ディズニーランドで鍛えたキャスト魂を舐めんなよ……）

腹が据わったら久瑠美は強い。さっきまでの泣き顔とは打って変わって、久瑠美はキリッと締まった顔で口を真一文字に結んだまま、事務所を大股で出ていった。

パンティー

嵐のようなＧＷは去った。閉園後、事務所の床に大きな箱を幾つも積み上げて行われていたチケット売り上げの集計も、その後に三日間続いた雨もあり、随分と落ち着きを取り戻した。とはいえ、今年のＧＷの売り上げは、過去十年間で最高の成績になりそうだと噂されていた。でも、そんなことなど久瑠美にはなんの関心もなかった。久瑠美の日常はなんの変化もなく、ひたすら象のウンコの後始末だ。大きな塊をスコップで掬っては、穴に埋めるの繰り返しが続いている。時々、手が空いた弥生が、上園や同期の美月や吉村を引っ張ってきて手伝わせようとしたことがあった。だが、久瑠美はその申し出をやんわりと断った。

「汚れるから」

久瑠美がそう言うと、美月はほっとしたような顔になった。弥生の心遣いは嬉しい。でも、エレファントショーの終幕まで、ここまで来たら最後まで自分一人の力でやり通したかった。もちろん、それは小塚に対する意地だ。弥生はかつて小塚のことを【ザ・

遊園地】だと評した。冗談じゃない。あんな独善的な男はディズニーランドにはいなかった。本当の遊園地は心の底からお客を楽しませる場所、夢の国だ。一人の男が好き勝手してなんとかなるような場所じゃない。でも、久瑠美は新人だ。今は何を言っても相手にされないだろう。だからこそ、最後まできっちりやり遂げてやる。久瑠美の頭の中にはそれしかない。

後始末をしていると、ふいに誰かに背中を小突かれた。振り返ってみると、それは人ではなく象だった。一頭の象が柵越しに、久瑠美の方へ鼻を伸ばしている。怒らせると怖いから、久瑠美は別の場所へと移動した。すると、象もゆっくりと久瑠美の動く方へと移動してきた。

(何……?)

しばらく様子を見る。象は身体をゆらゆらと揺らしながら、小さな目で久瑠美を見つめ返した。

「お腹、空いてるの?」

通じるわけがないと思いつつ、声をかけてみる。だが、象の様子は変わらない。相変わらずゆらゆらと揺れているままだ。ちょっとした気まぐれなのだろう。久瑠美はそれ以上、象に気を取られるのを止めて、再び後始末を始めた。だが、翌日も、その翌日も同じようなことが起こった。最初は恐怖しか感じなかったが、とうとうその日、久瑠美は柵越しに伸びてくる鼻に触れた。一見柔らかそうな象の肌はびっくりするくらい硬く、生えている毛も針金みたいに太かった。

「あなた、なんて名前なの？」

長い鼻を撫でながら語りかける。もちろん返事はなかったが、嫌がる様子もなかった。久瑠美が象と戯れていたのをどこかで見ていたのだろう。調教師の一人でカタコトの日本語を喋る男が、象の名前は「パンティー」だと教えてくれた。いったいどういうセンスをしてるんだかと疑ったが、のちのちビルマ語で「リンゴ」という意味だと知った。

パンティーは久瑠美によく懐いた。久瑠美の姿を見つけるとすぐに追いかけてきて、鼻を擦りつける。久瑠美も手が空いた時はパンティーと遊ぶ時間が増えていった。最初は柵越しに鼻を撫でるだけだったが、パンティーは耳やお腹や尻尾に触れても一向に嫌がる様子は見せなかった。そのうち、器用に鼻を丸めて久瑠美の帽子を奪ったり、スコップを取り上げたりもした。そんな触れ合いの中で、パンティーが最も嬉しそうに見えたのは水遊びだった。掃除の仕上げにとバケツに汲んでいた水にいつの間にか鼻を伸ばし、久瑠美に向かって勢いよく噴きかけたのだ。あまりの水圧に久瑠美は尻餅をついた。消防車のホースから放水されたらこんな感じなのかもしれない。

「ちょっと、何すんの！」

久瑠美はずぶ濡れになりながらパンティーを睨んだ。パンティーはもっとやりたそうに鼻をゆらゆらと揺らした。それからは毎日、水遊びだ。バケツの水を吸い込み、勢いよく噴き出す。一瞬だけ空気中にできる虹は、久瑠美の心をとても安らかにしてくれた。

その日の夜、雨が降り出した。季節の割にはとても冷たい雨で、時間が経つとともに気温は下がり、雨足も強くなった。仕事を終えて事務所に戻ると、すでにほとんどの社員は帰宅して閑散としていた。いるのは数人、その中に机に座ってパソコンを見ている小塚の姿があった。久瑠美は企画課の自分の席へと近づくと、なるべく向かいの小塚と目を合わせないようにして帰り支度を始めた。

「お前、パンティーに懐かれてるんだってな」

ふいに小塚に声をかけられた。

「調教師の連中が話してたぞ」

「そうですか」

久瑠美はなるべく素っ気ない返事を返した。小塚とは口もききたくないが、本音は「そういうことをするな」と咎（とが）められるのが嫌だったからだ。だが、小塚はそれ以上何も言わなかった。

「お疲れ様でした」

バッグを持って席を立った時、タイミング悪く電話が鳴った。既に遊園地業務は終了しているから、客が表向きの番号にかければ音声が流れるようになっている。この時間、事務所に電話をかけてくるのは、警備会社か関連会社か社員のどれかだ。

「はい。TSW企画課です」

電話を取って久瑠美が答えると、案の定、警備会社からの電話だった。

「えーとですね、お客さんからの電話を預かってるんですが、お爺さんがいなくなったそうなんですよ。そっちで話を聞いてもらえませんかねぇ」

「わかりました。繋いでください」

警備は園の警備をするのが仕事だ。したがって人探しまではしない。電話の相手はすぐに回線を切り替えた。

「もしもし、お電話替わりました」

久瑠美が言うと、中年と思われる女性が早口で、「お爺ちゃんがそちらに遊びに行ったまま、いなくなって……」とまくしたてた。小塚が久瑠美を見て「捜索依頼か？」と聞いた。久瑠美は電話を受けながら頷く。

「落ち着いてください。とにかく探してみます。その前に、お爺ちゃんの特徴をなるべく詳しく教えてもらえませんか」

小塚がタイミングよくA４の紙とペンを差し出した。これに特徴を描けというのだろう。紙には何かの業務日程が書かれている。久瑠美は構わずその紙を裏返すと、女性の話を聞きながら全身の画を描いていった。

「ひでぇな」

仕上がった画を見て小塚が感想を漏らした。確かに上手くはないと思う。

「でも、特徴は間違ってないはずです」

白髪交じりの短髪、下がり気味の眉毛、厚ぼったい唇、首元にほくろ。服装も言われる通りに描いたし、年齢七十二歳をイメージして顔や手に細かい皺(しわ)も入れた。

「まぁいい。他には？」

「他……に？」

「なんか言ってなかったか？」

しばらく考える。特に聞き漏らしたことはなかったように思う。

「他には何も」

小塚は立ち上がると窓を開けた。雨の匂いが風とともにどっと流れ込んでくる。今日は気温もこの季節にしては随分と低かった。

「この画をすぐコピーしろ。三十枚だ」

久瑠美の描いたお爺さんの画を突き出すと、小塚はスマホでどこかに電話をかけはじめた。

「俺だ。すぐ園に戻ってくれ。爺さんの迷子が出た」

そう言いながら事務所を出ていく。久瑠美は小塚の後を目で追いながら、「爺さんの迷子」なんてひどい言い草だと思った。

丁度コピーが終わった時、小塚が箱を抱えて戻ってきた。

「コピー、終わりました」

「そこに置いとけ。そんで波平(なみへい)」

「波平です！」

そんな否定などきっぱり無視し、小塚は持ってきた箱の中から袋の一つを掴むと、久瑠美の方に向かって投げた。袋の中に折り畳まれて入っていたのは雨合羽だった。それに、ヘルメットと洞窟の探検番組なんかで見かけるヘッドライトが入っている。

「ぼーっとするな。行くぞ」

急かされて、久瑠美は慌てて袋の中から雨合羽を取り出した。

それにしても人気のない夜の遊園地は不気味だ。昼間の歓声が嘘のように途絶え、ジェットコースターや観覧車が静かにそびえ立っている。まるで異世界のような気がする。

ただ、雨の音と小塚と久瑠美の足音だけが人気のない空間に静かに響く。大好きだったディズニーランドでさえ閉園後は恐ろしいと感じた。まったく愛着もない、まだ隅々までよく知らないTSWでは、余計に恐ろしさが増していた。

「爺さんの名前、前橋だったよな」

前を歩きながら小塚が尋ねる。

「そうです」

「じゃあ、俺は左の方から大回りするから、お前は右から回れ」

「それはちょっと……」

（怖い……）

小塚が立ち止まってこっちを見た。どうしよう……。この男に怖いとは口が裂けても言いたくない。でも、やっぱり怖い。「おい」と小塚が呼んだ。イライラしているのが伝わってくる。その時、とっさに「私、鳥目なんです」と口を突いて出た。

「鳥目……？」

小塚は眉をひそめた。

「そんなに酷くはないんですけど、夜はちょっと見え難くなってしまって……」

我ながら相当苦しいと思いながらも嘘を続けた。小塚はしばし考えるように顔をしかめていたが、「それで見過ごしたら元も子もねぇな……」と呟いた。

「一緒に来い。ちょうど応援も来たみたいだしな」

小塚の視線の先を辿ると、遠くに小さな光が見えた。誰かが捜索を始めたのだ。再び歩き出す小塚の後をついていきながら、久瑠美は小さく息を吐いた。

「前橋さーん！」

「前橋さん、聞こえますか！」

雨音に負けないよう、小塚も久瑠美も何度となく行方不明のお爺さんの名前を呼んだ。耳を澄ませばいたるところから名前を呼ぶ声が聞こえてくる。集まった社員達も懸命に探しているのだ。だが、雨はますます本降りになってきて、お爺さんの名前を呼ぶ声を掻き消した。

「そろそろ二時間か……」

腕時計を見つめる小塚の顔には、あきらかに焦りの色が浮かんでいた。

「もしかして、お家に帰ったとか……」

「それはない」

小塚が自信たっぷりに断言する。

「事務所に電話番がいる。何か連絡があれば、こっちに一報が入る。それに、爺さんがボケてたら、帰りたくても帰れんだろう」

久瑠美は小塚の言葉にハッとした。さっき「他には」と小塚が聞いたのはこのことだったのだ。

「……前にもこんなこと、あったんですか？」

「あぁ。結構際どいこともな」

際どいことってなんだろう。気にはなったが、お爺さんが小塚の言う通り認知症だとしたら、無駄話なんてしている時ではない。

「警察に連絡しましょう」

「いや」

小塚は首を振った。久瑠美の脳裏にふと五箇条の鉄則が浮かぶ。『一つ、何があっても緊急車両は入れない』。でも、今はもう閉園している。さっきから大声でお爺さんの名前を呼んでいるし、園の中を走りもした。

「体裁なんて気にしてる場合じゃないと思います」

「遊園地が体裁気にしなくなったらお終(しま)いなんだよ……」

「でも――」

久瑠美は言葉を詰まらせた。鋭い眼差(まなざ)しで暗い園内を見つめる小塚の横顔が久瑠美のヘッドライトに浮かび上がり、それ以上なにも言えなくなった。その時、「ザブン」と水の弾ける音がした。久瑠美と小塚はハッと顔を見合わせた。いきなり小塚が走り出し、久瑠美は慌てて後を追いかけた。園の中央には大きな池がある。走りながら、(まさか)という思いと(もしや)という思いが交錯する。それは小塚も同じだった。池の側に辿り着くと、小塚はためらいもせず雨合羽を脱ぎ捨てた。無線機を久瑠美に押しつけるように渡すと、そのまま池の中へと入っていく。

「小塚さん!」

「お前は周りをしっかり見てろ! 鳥目だからって見落としたら承知しねぇぞ!」

心臓の鼓動が耳の奥で鳴り響く。小塚が泳ぎながら、何度も「前橋さん」と名前を呼ぶ。

小塚のヘッドライトが暗闇の中に浮かび上がるのが見えた。だが、いかんせん池は広い。一人で探すにはおのずと限界がある。気づいた時には久瑠美も池の中に入っていた。池の温度も深さも何も感じない。ただ夢中でお爺さんの名前を呼びながら、心の中で祈った。

(神様、遊園地の神様! どうか、ここではお爺さんが見つかりませんように……)

小塚と二人、どれくらいの時間池の中を探していたのかわからない。やがて陸の方から男の声が聞こえた。

「小塚さん！　お爺さん、見つかりました！」

声が届いたのだろう。小塚が「あーっ」と叫んで大の字になり、水面に浮かぶのが薄らと見えた。

事務所に戻ると、弥生が淹れたてのコーヒーを出してくれた。冷え切った身体にコーヒーの温もりは心地良かった。弥生によると、お爺さんは家の近くにあるコンビニの駐車場で見つかったということだった。一週間後に敬老会でＴＳＷに行く予定が立てられていたのだそうだが、家族が早合点してしまったのだ。

「お、お騒がせですね」

同じく全身濡れ鼠の上園が文句を言うと、弥生がパシッと頭をはたいた。辺りに水飛沫が飛ぶ。

「何がお騒がせよ、偉そうに」

「すみません……」

「早く髪を拭いてきなさいよ」

弥生が上園を追い立てる。すごすごと背中を丸めて事務所を出て行く上園を見つめながら、久瑠美は思わず苦笑した。弥生が「まぁ、あいつの気持ちもわからんではないけどね」とフォローする。ここにいる社員は閉園後、二時間以上も雨の中を探し回ったのだ。中には用事を切り捨てて駆けつけてきた者もいる。

「二人なんて、水泳までやったんだし」

弥生が笑うと、「まだちょっと早かったな」と小塚が答えた。小塚の髪にも顔にも小さな葉っぱや泥が付いていている。多分、自分も同じようなものだろう。そんなことを考えていると、「お前、なんで入ってきた?」と小塚が久瑠美に尋ねてきた。

「なんでって言われても……」

あの時は必死だったからよく覚えていない。

「早く見つけなきゃって、それだけで……」

「お前、鳥目って言ってたよな」

ギクリ……。

「久瑠美、鳥目なの?」

弥生が久瑠美の顔を覗き込む。

「そんなにひどくは……」

「ビタミンA不足が原因だっていうよ。次から焼肉の時はレバーね」

レバーはあの臭みが苦手だ。

「とにかく、偉いよ、久瑠美は。女の子があの池に入るなんてなかなかできないよ」

弥生が久瑠美の髪に貼り付いた葉っぱを取り除きながら言った。

「死んだオタリアとかクジラとか、近くに埋めてあるからな」

ギョッとした。死んだ動物達が埋められているなんて聞いてない。

「臭いしね。それに、池っていろんな菌とかがあるっていうし」

マジですか……。

「お前、象のウンコ、池に捨てたりしてねぇだろうな」

「そんなことしてませんよ！」

小塚が疑いの目を向けてくる。

「してませんったら！」

「どうせ地下で繋がって流れ込んでる」

（ゲッ……）

「はい、終了」

弥生がパンと手を叩いた。

「二人ともとっとと帰って風呂入って寝る」

それがお開きの合図となった。


翌朝、激しい喉の痛みで目が覚めた。全身がだるくて、意識が朦朧(もうろう)とした。熱があるのはすぐにわかったが、体温計をどこにしまったのか、まったく思い出せない。なんとか上体を起こし、ベッドから立ち上がろうとしたが、激しい眩暈が襲ってきて、再びベッドの上に倒れ込んだ。「ハァハァ」と熱い息が漏れる。しばらくそのままで、呼吸が整うのを待った。だが、どれだけ待っても呼吸は楽にならず、頭の芯がぼんやりするだけだった。それでも久瑠美は再び起き上がった。休むということは一切考えなかった。顔を洗い、歯を磨き、なんとか服を着替えた。メイクはパスし、這うようにして玄関まで辿り着いた。しかし、頑張りはそこまでだった。眩暈と吐き気、それに呼吸が苦しくて、ドアを開けるまでには至らなかった。

再び目が覚めた時、自分の部屋の小さなソファに誰かの後ろ姿が見えた。一瞬、（ママ？）と思ったが、すぐに違うとわかった。お世辞抜きにもあまり手入れしていない栗色に染めたショートヘアーと、着古したブルーのシャツを腕まくりしている姿だったからだ。

「弥生さん……」

「あ、起きた？」

弥生は振り向くと、ベッドの端に近づいてきて、そっとおでこに手を置いた。弥生のほんのりと温かい体温が、手のひらを通して伝わってくる。

「熱、だいぶ下がったみたいね。知ってる？　40度超えてたのよ」

（40度……）

「随分、うなされてたんだから。嘱託の白沢先生が注射打ってくれてからは、すやすや眠ってたけどね」

白沢先生とは園が契約しているお医者さんだ。普段は開業医をしているのだが、週末だけ、園の医務室に保険医として来てくれている。

「そうですか……」

注射を打たれたことなど、なにも覚えていない。

「疲れが出たのね。それに、昨日ずぶ濡れになったでしょう。風邪もひくわよそりゃ」

「これ、風邪なんですね……」

「どうして？」

「池には菌がいっぱいいるって……」

「感染症じゃないって白沢先生が言ってたから大丈夫。なんか食べられる？」

食欲はない。しかし、喉がカラカラに渇いていた。

「飲み物が欲しいです……」

掠(かす)れた声で言うと、弥生は立ち上がって冷蔵庫からポカリスエットを取り出した。半身を起こして、弥生の注(つ)いでくれたポカリスエットをコップ一杯飲んだ。渇き切った身体の細胞まで水分が浸透する感じがして、とても心地良かった。弥生は空になったコップに新たにポカリスエットを注ぎながら、「久瑠美、出社しようとしたんだね」と言った。開園しても出社せず、なんの連絡もない。いくら電話しても出ない。不審に思って弥生が管理人と一緒にドアを開けた時、いきなり久瑠美が転がり出てきたのだそうだ。

「管理人さん、年寄りじゃない。あんたをベッドに戻すの、大変だったんだから」

弥生がその時のことを思い出して笑った。

「パンティー……」

「え？」

「いや、象の名前です」

「ビックリしたぁ」

「あの子……私がいないと寂しがるから……。大丈夫かなって……」

弥生は空になったポカリスエットのペットボトルをテーブルに置き、「少し食べられる？」と尋ねた。見ると、テーブルの上にはスープや綺麗に剝かれたリンゴがラップをかけられて並べられている。

「勝手にいろいろ使わせてもらったけど」

「いいんです。ありがとうございます……」

久瑠美は弥生に支えられながらベッドから立ち上がると、ソファに腰を下ろした。あまり食欲は湧かなかったが、何も食べないのではせっかく用意してくれた弥生に悪い気がして、薄く切られたリンゴを一つ摘まんで食べた。

「パンティーってビルマ語でリンゴっていう意味なんです」

「へぇ、そうなんだ。可愛いね」

リンゴはパンティーの大好物だ。久瑠美はつぶらな黒目で自分を見つめてくるパンティーを思い出し、ふと目頭が熱くなった。

「久瑠美って、ほんとに象が好きになったんだね」

久瑠美は頷いた。口を開くと涙が出てきそうだったから。そんな久瑠美の頭を弥生はよしよしと撫でた。

「心配かもしれないけど、小塚さんがちゃんとやってくれてるから。久瑠美は自分の身体をしっかり治さなきゃ」

小塚が世話をしていると聞いて我に返った。

「もう大丈夫です。明日は行きます」

「無理だって」

「行きます」

弥生は久瑠美の目をじっと見つめた。

「ねぇ、何で小塚さんのことになると、そんなに突っ張るの？」

それは、一言では片付けられない。態度も喋り方も仕事の仕方も嫌だが、一番嫌なのは小塚のことをみんなが園にとってかけがえのない存在だと捉えていることかもしれない。

「久瑠美さ、小塚さんのこと、誤解してるんじゃない？」

「誤解なんてしてませんよ」

ただ、正確に見抜いているだけだ。弥生は自分のスマホを取り出すと、「これ見て。小塚さんのフェイスブック」そう言って久瑠美の前に差し出した。あまり見たくはなかったが、久瑠美は渋々画面に目をやった。そこにはどこかの平原で、小塚が象達と戯れる姿が映っていた。

「これって……」

「そう。ミャンマー。小塚さんさ、三ヵ月向こうに行って何してたと思う？　ずっと象の後始末をしてたのよ」

「えっ？」

「はるばる日本に来てもらうのに、ただお金を払うだけじゃどうにもならないって言ってね。調教師にも象にも信用してもらうため、ずっと後始末をやってたんだって」

久瑠美はもう一度写真を見た。象達が小塚に群がって身体を擦りつけている。パンティーが久瑠美に対してよくやる親愛の印だ。小塚は一頭だけでなく、沢山の象から慕われていた。

「調教師も象も、ちゃんと接する人を見てる。そこに信頼があれば、多少の無理なことでも聞いてくれる。それは今年だけじゃなくて、来年、再来年って繋がっていくって」

小塚は久瑠美一人に後始末をするように命じた。何があろうと決して他の人には手伝わせなかった。それは久瑠美にも信頼を築かせたかったからだった。今年だけではない、これからもずっと続く信頼を……。

「あんたが象に慕われてるのを見て、小塚さん、ほんとに嬉しそうにしてたんだから。あんな人だから言葉ではなんにも言わないけどね」

（何よ、それ……）

急に身体から力が抜けて、久瑠美はそのままソファに横倒しになった。

「久瑠美、大丈夫、しっかりして」

弥生が声をかけてきたが、なんだか答える気力も湧いてこなかった。

パンティーが故郷へ帰る日がやってきた。当日は企画課の小塚、上園、久瑠美、そして、休日だったのに「ヒマだから」という理由で弥生も一緒に三池港まで見送りに行った。ちょうど梅雨の晴れ間で、白くて薄い雲が帯のように広がり、柔らかな光が海に降り注いでいる。それを受ける海もまた穏やかで、岸壁に打ちつける波の音もパシャッパシャッと優しく、パンティーが楽しげに水遊びをしている時の音を思い出させた。これなら船酔いも大丈夫そうだ。象だって人と同じように船に酔う。日本までの船旅の最中、一番参っていたのがパンティーだったとカタコトの日本語を話す調教師から聞かされた。三池港から貨物船に乗って約七日間、象達はミャンマーへと帰っていく。久瑠美は上園の運転するバンの後部座席に座って海を見つめながら、ぼんやりとそんなことを考えていた。

岸壁には久瑠美達と作業員以外、誰もいなかった。象達がやって来た時、埠頭は人で溢れ返り、屋台まで出ていた。なのに、離れる時は園の関係者数名だけ。一ヵ月半の間、園を訪れた人々をあれほど楽しませてくれた象達の帰国にしては、寂しすぎるような光景だった。

「宴のあとっていや、そんなもんだろう」

小塚の言葉は素っ気ない。

「それに、静かな方がゆっくりお別れもできるってもんだろうが」

まるで久瑠美のためだと言わんばかりだ。結局、久瑠美は園を一週間休んだ。高熱はすぐにおさまったのだが、それからずっと微熱が続いたのだ。原因は疲労ということだった。それでも何度も園に行こうとしたが、白沢先生から固く止められた。

「こじらせると長引くよ」

結局、最後の一週間はすべて小塚に後始末を任せきりとなり、エレファントショーのラストステージにも顔を出すことはできなかったのだ。

「申し訳ないと思ってますよ……」

「パンティーにか？」

「どっちにもです！」

「仕事のツケは仕事で返してもらおう」

もとはと言えば、アンタの無茶振りが原因なんじゃない。調教師の方へと歩いていく小塚の背中を見つめながら、久瑠美はベーッと舌を出した。

「久瑠美、急いだ方がいいんじゃない」

弥生は大型クレーンを見上げたままで言った。久瑠美も同じように上を見上げると、操縦室にはヘルメットを被った作業員の姿が見えた。象達は一頭ずつ檻に入れられていた。これから大型のクレーンを使って貨物庫に積み込まれるのだ。

「ちょっと行ってきます……」

久瑠美は足元に置いた大きな紙袋を抱えると、歩き出した。袋の中身はリンゴだ。昨日、近所のスーパーで山ほどリンゴを買い込んでいた。小塚は調教師一人一人と笑顔で握手を交わしている。久瑠美はその横を急いで通り過ぎ、象の檻の方へと歩いていった。檻の中から一匹の象がすっと久瑠美の方に鼻を伸ばした。パンティーだった。久瑠美の匂いに気づいたのか、それとも手に持っている袋の中身の匂いに反応したのかわからない。久瑠美にとってはどちらでも良かった。パンティーに会えるのなら。久瑠美は袋の中からリンゴを一つ取り出すと、「差し入れだよ」と囁(ささや)いて、パンティーの鼻先にリンゴを近づけた。パンティーはとても器用にリンゴを絡めとると、すぐに鼻を檻の中へと引っ込めた。すぐに食べ始めると思っていたが、パンティーはリンゴをそっと床に置くと、再び檻から鼻を伸ばした。まるで甘えるように。

「パンティー……」

久瑠美は鼻にそっと触れた。分厚い皮膚とザラザラの体毛がとても愛(いと)おしかった。

「最後まで面倒みられなくてごめんね……」

パンティーは何も答えなかったが、久瑠美の側に近寄り、小さな黒目でじっと見つめてきた。その目が寂しいと訴えていることを、久瑠美ははっきりと感じ取った。残りのリンゴは調教師に渡した。「象達にあげて」と伝えると、カタコトの日本語で「アリガトウ」と告げられた。檻の中に入ったパンティーが大型のクレーンで吊り上げられ、貨物庫の中へと運ばれていく。久瑠美は心の中で「さよなら」を告げた。もしかすると、来年もまたパンティーはここへやって来ることになるかもしれない。でも、その時私はもうここにはいない。「また会おうね」と言えないことがとても辛かった……。

第四章　落し物

パンティーがいなくなって寂しくはなったが、反面、象の後始末から解放されたことは嬉しかった。久瑠美はデスクワークもそこそこに、園の巡回に出かけた。中断していた六百人の名前と顔を一致させることが一つ。もう一つは小塚から「新しい企画を考えろ」と言われたからだ。春催事期間が終わったばかりだが、企画課ではもう夏催事期間の準備が始まっている。七月三週目から八月末まで、様々な催し物で夏場のお客を引き寄せなければならない。

最初にそれを聞いた時は（今頃？）と思った。ディズニーランドの企画会議に参加したことはないが、イベントの企画は少なくとも数ヵ月、もしくは年単位でやっているはずだった。それがここでは僅か二ヵ月足らずで準備するのだという。随分のんびりしているものだと半ば呆れ、半ば感心したが、柱は毎年恒例の新作ヒーローショー、花火大会、野外コンサートと決まっているそうで、沼田次長いわく「そう代わり映えはしないから」大丈夫ということらしい。ここに、遊園地事業部の遊園地課、宣伝課、企画課の若手から募集した新企画が加わるのだという。

『はっきり言って予算はない。人手もない。時間もない。しかし、そこは諸君らの圧倒的センスと驚きに満ちた工夫に期待する』

小塚が書いた企画募集要項にはそんな言葉が添えられている。開き直りも甚だしいが、それがこの遊園地の現実でもある。

「新しい企画ねぇ……」

ジェットコースターを横目に坂道を下りながら、声に出して呟いてみる。だが、久瑠美の声に気づいて振り向く者は誰もいない。小雨交じりの曇り空、平日の午後とはいえ、客の少なさは尋常じゃない。GWの賑わいは夢だったのではないかと思えるほど、ぷっつりと客足は途絶えていた。怒鳴り声が聞こえてきたのはそんな時だった。

久瑠美が声のした方を見ると、メリーゴーランドの前で中年の男と若い女が言い争っているのが見えた。しばらく様子を眺めていたが、一向に収まる様子はない。若い女はますます金切声をあげて、中年男のスーツの袖を摑み、激しく罵っている。メリーゴーランドを操作する園内スタッフの岡田(おかだ)のお爺ちゃんが、おろおろしながら遠巻きに窺っている。こういう光景はたまにディズニーランドでもあった。迷子探しと同様、喧嘩(けんか)の仲裁もキャストの仕事だ。腕が鳴る。久瑠美は気合いをいれてメリーゴーランドの方へと近づいた。

最初に久瑠美に気づいたのは岡田のお爺ちゃんだ。久瑠美が小さく頷くと、皺くちゃの顔にホッとした表情を浮かべた。

「どうされました」

まずは少し離れたところから声をかけ、二人の注意をこちらに惹きつけること。派手な黄色いジャンパーを見れば、久瑠美がＴＳＷの社員だということがわかるはずだ。先に久瑠美の方を見たのは中年男の方だった。今にも泣き出しそうな、すがるような目だ。久瑠美は一歩一歩、二人に近づいていくが、興奮した若い女の方はまだこちらに気づかない。久瑠美はもう一度、落ち着いた声で「お客様、どうされましたか」と言った。

「ほら、どうされましたかって……」

中年男が言うと、若い女が久瑠美を睨んだ。派手な化粧で髪は茶色、それなりに目鼻立ちは整ってはいるが、並みというところだろう。それにしても香水がきつい。久瑠美もたまに香水を使うが、この女の使い方はちょっと度が過ぎている。

「誰？」

「ＴＳＷの波平と申します」

軽く笑みを浮かべて名乗った。

「知らないわ」

そりゃそうよ。こっちだってあんたのことなんか知らないし。とは思うが、そんなことはおくびにも出さない。

「ここでは他のお客様もいらっしゃいますし、事務所の方でお話を伺いますが」

「どこにお客がいんのよ」

　空っぽのメリーゴーランドを見て若い女が言った。なかなか痛いところを突いてくる。だが、ここで引き下がるわけにはいかない。久瑠美は笑顔を浮かべたまま、「私でよければお話を伺いますが」と続けた。

「よろしくお願いします」

　言ったのは中年男の方だ。それを聞いて再び若い女に火が点いた。

「何言ってんの？　なにがよろしくよ！　バカじゃない！　私が怒ってんの、全部あんたのせいじゃない！」

「そう、全部俺のせいだ。だから許してくれ」

「許せるかって！」

　再び中年男に摑みかかろうとする。中年男は必死で若い女の手をかわし、久瑠美に「なんとかしてください！」と訴えた。ここで焦ってお客の身体に触れてはいけない。もしも触れたら、その後でどんな因縁をつけられるかわからない。久瑠美は中年男と若い女の間に身体ごと割って入った。

「どきなさいよ……」

　若い女が凄む。至近距離だとなおさら香水がきつく匂う。

「落ち着きましょう」

　ここも笑顔。精一杯の。

「この男はね、私を騙したのよ！　結婚するって何度も言ったくせに、奥さんとも別れない、他所で別の女は作ってる！　オレオレ詐欺なのよ！」

（それを言うなら結婚詐欺でしょうよ……）

　それにしても、ただ人の好いだけのようなオッサンに、どうしてここまで女心を狂わせられるのか。

「卓郎！　このどスケベ！　すけこまし！」

　若い女が久瑠美の肩を摑んで押し退けようとした。一瞬の隙を突き、突如中年男が逃げ出した。（あっ！）と声を出す間もなく、中年男は脱兎のごとく坂道を駆け去っていく。若い女も後を追って走り出した。久瑠美は地面に尻餅をついたまま、しばらく呆気にとられてその光景を眺めていたが、岡田のお爺ちゃんが「嬢ちゃん、急げ！」と声を上げたことで我に返った。そのまま二人の後を追って走り出した。——が、すぐに速度を緩めた。『一つ、園内は決して走らない』。小塚が作った五箇条の鉄則が脳裏をかすめたからだ。少ないとはいえ、他にも客はいるのだ。何事かと思わせるのは、現実を呼び起こすことになる。トイレに隠れたのか、それとも売店かレストランに逃げ込んだのか。二人の行方はわからなくなった。久瑠美は無線で事務所に連絡を入れ、二人の特徴を説明した。すぐに手の空いた社員が捜索に出たが、結局二人は見つからなかった。

事務所に戻ってきたら、昼時ということもあってがらんとしていた。美月とご飯を食べに行く約束を緩くしていたのだが、いないところを見ると他の人と行ったのかもしれない。無線機を所定の場所に立てかけて、自分の机の方に戻ると小塚の姿があった。

「まぁ、事件でもねぇし、ほっといていいんじゃねぇか」

椅子に座って胡坐をかき、爪切りで足の爪を切っている。

「それはそうですけど……」

久瑠美は浮かない顔で椅子に座る。途端、ピリッとお尻から電気が駆け抜け、「うっ」と呻き声が漏れた。

「どうした？」

小塚が不思議そうな顔でこっちを見つめる。

「なんか、ここが……」

立ち上がってお尻を撫でると、やっぱり痛い。

「あの時、突き飛ばされて、尻餅をついたんですよね……」

「打ち身か」

多分、そうだと思う。あの時はびっくりして気づかなかったけれど。

「湿布貼ってやろうか」

途端、小塚の椅子がガクンと揺れた。弥生が椅子を蹴ったのだ。

「久瑠美、お疲れ様」

弥生が氷入りの麦茶を差し出した。

「びっくりしたぁ。足の肉切ったらどうすんだよ」

不満を漏らす小塚に、「セクハラ親爺（おやじ）に同情の余地なし」と言い放った。

「ですよねぇ」

女同士の連合に怖（おそ）れをなしたのか、小塚は肩を竦（すく）めて「ふん」と言ったきり再び爪切りを始めた。

「それで、どんな男だったの？」

空いた椅子を引き寄せ、弥生が興味津々の顔で聞いてきた。久瑠美は麦茶を一口飲むと、

「弥生さん、すけこましってどういう意味ですか」

東京にいた時も、耳にした記憶がない。

「すけこまし？」

「相手の女がそう呼んでたから。方言なのかなぁって」

「違うよ。方言じゃない、それ。私もなんとなくはイメージできるけど……」

「スケをコマす。女をモノにするのが上手い奴って意味だ」

教えてくれたのは小塚だ。

「なに、その男、格好いいの？」

「いえ……なんていうか、ただのオジサンでしたけど」

「じゃあお金持ちとか」

久瑠美は首を振った。とてもそんな風には見えなかった。

「じゃあ何？」

「テクニシャンなんだろ」

久瑠美が呆然とするのとほぼ同時に、再び弥生が小塚の座った椅子を蹴った。

「だから危ねぇって！」

「変なこと言うからよ」

「若くねぇ、金ねぇだったら、そうとしか考えられねぇだろ」

そうなのかな？　あの気の弱そうなオジサンが……。う～ん、わからない……。

「だからって大学出たての娘の前でそんなことを言うな」

「弥生だったらいいのか」

「言っときますけど、私だってまだ二十代だからね！」

「そうだっけ？」と小塚が言ったが、弥生はそれ以上、取り合おうとはしなかった。

「久瑠美、ご飯に行こう」

弥生に促されて椅子から立ちかけた時、事務所のドアのところにオジサンが立っているのが見えた。

「あっ！」

久瑠美の声に驚いて弥生と小塚がドアの方を見た。

「先ほどはどうも……」

中年男がぺこりと頭を下げる。

「もしかして……」

小声で聞いてきた小塚に久瑠美は素早く頷いた。

「あれかぁ」

最後の「かぁ」は何なんだろうと引っかかったが、久瑠美は中年の男の方に歩いていった。

中年男は自らを猪口(いのくち)卓郎と名乗った。市役所で働いている公務員だった。猪口は久瑠美に逃げたことを何度も謝り、「そうしないと命が危ないと思った」と言った。

「それで、相手の方は今どこに?」

猪口は首を振り、「わかりません。もう会いたくないので」とか細い声で言った。不倫、二股ならぬ三股。それでこの勝手な言いようだ。見たところ四十過ぎ、なのに分別もないらしい。たとえお客であってもうんざりする。そんな久瑠美の気分を察したのか、近くで話を聞いていた小塚が「で、ここに来られたご用件は?」と尋ねた。

「落し物を探して欲しくて……」

弥生がすぐに落し物を記録したノートを見に行った。

「何を落とされたんですか」

今度は久瑠美が尋ねた。すると、猪口はスーツの右の袖口を見せて、「これです」と言った。見ると、一つボタンが無くなっている。

「母の形見なんです……」

形見ねぇ……。

「メリーゴーランドの側で落としたのかもしれません」

確かにあの時、猪口は女に袖を引っ張られていた。

「ボタンの落し物は届いていないようですね」

弥生がノートを見ながら伝える。

「あの……探して貰えませんか」

「それは構いませんけど」

久瑠美が答えると、猪口は嬉しそうに笑って名刺を取り出した。

「ここに携帯の番号を書いておきます。見つかったら連絡をください。後日、取りに参ります」

思わず「一緒に探さないんですか」と聞いていた。

「もし違うところに落とされていたら、見つかるかどうかわかりません。ご本人が歩かれたルートを辿った方が――」

「アヤノに」

久瑠美の言葉を猪口が遮る。

「あの子の源氏名なんですが、アヤノに見つかったら私、どうなるかわからないので」

そう言うや、名刺を久瑠美の前に差し出し、逃げるように事務所を出ていった。

「なに、あれ……」

弥生の言い方は呆れて物も言えないといった感じだ。

「俺の見立て違いだったな。ありゃテクニシャンじゃねぇ」

猪口の名刺を小塚が摑んで眺める。

「若くもねぇ、金もねぇ。でも、及び腰なくせに滅法押しが強い」

久瑠美が笑い出すと、弥生も小塚も一緒になって笑い出した。


結局、ボタンはメリーゴーランド周辺には落ちていなかった。久瑠美は美月と一緒に園内を一通り見て回ったが、とうとうボタンを見つけることはできなかった。だが、戻ってくると落し物ノートにボタンという文字があるのを美月が見つけた。

「あ、それ……、私が拾いました」

上園が手をあげた。ゲートの側を通りがかった時、光るものを見つけたのだという。

「たとえどんなものでも拾って届けるという鉄則がありますので……」

そう言って事務所の壁に視線を向ける。そこには五箇条の鉄則、『一つ、園に落ちているものはすべて落し物とみなす』という一文がある。丁度いい機会だ。一度聞いてみたかった。久瑠美は「どんなものでもって、どれくらいまでなんですか」と尋ねた。

「だから……どんなものでもです」

おどおどしながら上園が答える。

「そうだ。鼻をかんだティッシュでもだ」

また小塚にからかわれているのかと思ったが、その場にいる者は誰も笑わない。

「それ、ほんとですか……。ディズニーランドでは――」

「ディズニーのことなんか知らん。ここは東洋スーパーワンダーランドだ。ここではそう教えられてる」

どんなものでも……。その時、久瑠美の頭に一つのアイディアが閃(ひらめ)いた。

企画会議

小塚は企画会議の決起集会という名目で、遊園地事業部の主だったメンバーに招集をかけた。場所はいつもの焼肉屋だ。

「何が決起集会よ……。ちゃんと話し合いするんなら会議室でやればいいのに」

閉園後、小雨の中を美月と並んで傘をさし、園の向かいにある焼肉屋まで歩きながら久瑠美は愚痴をこぼした。要は小塚が飲みたいだけなのだ。それはみんなわかっている。

なのに一同、暗黙の了解。まったく小塚に甘すぎる。

「でも、食べながら、飲みながらもいいんじゃない」

「そう？」

「楽しいこと決めるんだから、楽しい雰囲気の方がアイディアが出るよ」

「う～ん」

　確かに美月が言うことも一理あるような気もする。何しろここは遊園地だ。お客を楽しませるには、まず自分達が楽しくないといけない。

「ディズニーランドはそうじゃないの？」

「さぁ。私はただのキャストだったからね」

　企画会議がどんな風に行われていたのか、知る由もない。

「でも、案外そうだったのかもしれないね。外資系はその辺自由だし。それに、ディズニーランドは、ことお客を楽しませることにかけては最高の場所だから」

　言ってしまって（しまった）と思った。つい本音が出た。

「別にここがダメって言ってるワケじゃないんだけど……」

「私に気を使わなくってもいいよぉ。ディズニーランドとここじゃ、比べものにならないことくらい誰だって知ってるし」

　そりゃそうよね。でも、やっぱり本音は伏せておいたほうがいい。何かと。

「他の人達には内緒にしてて。特に小塚さんには」

美月は笑って頷いた。

「それで、小塚さんとはどうなの」

「どうって？」

意味を計りかねていると、「そういう意味じゃないよ」と美月が片手を振った。

「ちゃんと打ち解けられたかってこと」

「あぁ」

象の後始末を一人でやらされていた頃、美月にはさんざん小塚に対する文句を聞いてもらっていたのだ。「あいつはサイテー」だとか「許せない」とか「小塚の下では働けない」とかなんとか。何度も園を辞めるとも言った。もしかするともっと酷いことを言ってたかもしれない。さすがにそんな話を小塚と付き合いの長い弥生にするわけにはいかなかった。美月にはいい迷惑だったと思う。人を食った態度や命令口調、自分勝手に物事を決める、「波平(なみへい)」と呼ぶのを止めないなど、挙げていけばキリがない。だけど、会話の回数は格段に増えた。無駄話も含めて。そうなったのは迷子のお爺さんを探した後からのような気がする。久瑠美が風邪をひいたことで小塚からは散々嫌味を言われたが、以前のような、ただ険しいだけの感じではなくなった。

「相変わらずムカつくところは変わんないけどね……。あの時はいろいろ聞いてもらってごめんね。私、いっぱいいっぱいだったから」

「もう全身から溢れてたよ」

美月が悪戯っぽく返した。ナチュラルメイクなのに、それでも十分に愛くるしいのがちょっとだけ癪に障る。

「今度、ご飯おごる」

久瑠美が呟くと、美月は軽く微笑んだ。そして、「小塚さんって、付き合ってる人とかいるのかな」と聞いてきた。

「知らない。興味もないし」

「まさかの弥生さんだったりして」

久瑠美は一瞬、歩くのを止めて美月を見た。不思議そうな顔で美月が久瑠美を見つめ返す。

「私、なんか変なこと言ってる？」

「変じゃないけど……」

「だって、あの二人仲良しだし、時々いい感じだなって思うから」

いい感じ……。そんな風に見たこともなかった。確かに小塚と弥生は仲がいいが、それは単に付き合いの長さからくるものだと思っていたから。でも、小塚が久瑠美に命じた象の後始末の理由を明かしたのは弥生だった。あの時は熱に浮かされてちゃんと受け止めてなかったが、弥生は小塚の心情をおもんぱかっていたのは確かだ。

「どうかした？」

急に物思いに耽る久瑠美の顔を美月が覗き込む。

「いや、ないよ、絶対。違うと思う」

久瑠美は断言した。これは願望だ。そうであって欲しくないという強烈な熱望だ。

「そうかなぁ。私はお似合いだと思うけど」

「似合わないって。弥生さんがあんな奴のこと好きになるはずないもん」

そう、あり得ない。あんなに他人思いの弥生が、他人のことなど顧みない小塚の彼女であるはずがない。断じて。

焼肉屋の前で傘を畳むと扉を開けた。いきなり小塚の笑い声が耳に飛び込んできた。

「下品な笑い方……」

久瑠美が眉をひそめて呟くと、美月がクスッと苦笑いした。二人はスニーカーを下駄箱に入れると、下品な声の主が陣取る奥の座敷の方へと歩いていく。

「遅かったな。駆けつけ一杯だ」

久瑠美の顔を見るなり小塚が言った。

「出がけに小塚さんが書類のコピーを頼んだからですよ！」

久瑠美はクリアファイルに入った書類をずいと小塚の顔の前に差し出した。

「そうだったか？」

ファイルを受け取りながら小塚が首を傾げる。久瑠美はすかさず、「ペナルティ一、生一気」と追い打ちをかける。遊園地課の浜崎達が「波平、いいぞ」と囃し立て、生ビールのジョッキを素早く小塚に回した。小塚はぐいっと生ビールを飲み干すと、「これでいいんだな」と久瑠美の顔を見た。

「まぁいいんじゃないですか」

小塚の返事は盛大なゲップだった。

久瑠美は弥生の隣に座り、美月は宣伝課の男達に手招きされて、久瑠美の向かい側に座った。

「よし、これで全員が揃ったわけだ。ではあらためて乾杯するとしよう」

遊園地課、宣伝課、企画課の若手が小塚の音頭で一斉にグラスを合わせた。

焼肉を頬張りながら、ビールやハイボールや焼酎を飲みながら、煙草をふかしながらではあったが、打ち合わせは熱の籠もったものになった。

「七月、八月の二ヵ月間は営業時間を一時間延長するだろ。今年は真夏のクリスマスってイメージで、園内のいろんなところをイルミで飾ろうと思ってるんだよ」

そう言ったのは遊園地課の浜崎だ。

「波平、どう思う？」

意見を求められて、「お客さんは年齢性別に限らず、沢山の光は好きですからね。真夏のクリスマス、とってもいいと思います」と答えた。最近ではこんな風に意見を求められることが少しずつ増えている。まさか、ディズニーランドの経験がこんなところで活きてくるなんて夢にも思わなかったが、頼りにされるとやっぱり嬉しいものだ。

「せっかくなんで、雪を降らせたらどうですか」

「雪ぃ？」

「降雪機みたいなのを使って、かき氷みたいな雪を降らせたら、見た目にも綺麗だし、何より涼しいと思うんです」

「それ素敵。真夏の夜の雪ね」

美月がすかさず賛同する。

「キャッチコピーにも使えますよ」

「……でも、降雪機ってのがなぁ」

「要はかき氷を降らせればいいんだろ。なら、ショーで使うデカい送風機を工夫すりゃ、なんとかなるんじゃないのか」

ちらっと小塚を見て、浜崎が腕組みをしながら天井を見上げる。

「送風機で削った氷を飛ばす。そうすりゃ費用は氷代だけで済むわけか……。わかった、検討してみよう」

久瑠美と美月は笑って顔を見合わせた。

「ところで小塚、ショーの方はどうなんだ」

今度は宣伝課の伊藤係長が口を開いた。どこか山っ気が漂う小塚と対照的に、とても冷静で物静かな印象を受ける。いかにも仕事もできそうな感じだ。もっとも、本人とほとんど話をしたことがないから、あくまで勝手な久瑠美の印象なのだが。

「あ、新しいヒーローショーでいこうと、思っています」

小塚の代わりに上園が口を開いた。「新しいヒーローショー」という言葉を聞いて、一番隅に座っている吉村がピクリと反応する。

「今から間に合うのか」

「安さんが引き受けてくれたからな」

安さんとはショーを取り仕切るイベント会社「株式会社ヒーローマン」の社長、安田(やすだ)賢太郎(けんたろう)のことだ。久瑠美も一度だけ会ったことがあるが、鬚面(ひげづら)のぼさぼさ頭でニコニコと笑みを浮かべ、昼間っから酒臭い匂いを漂わせていた。

「なら、大丈夫だな」

伊藤が納得するのを見て、あのおじさん、随分と信用されてるんだなと思った。

「宣伝は大々的に新作と銘打たせてもらう」

伊藤に向かって小塚がグラスを軽く掲げた。小塚は続けて花火大会の説明をした。開催日は八月最初の日曜日。契約してある九州一円の花火師が一同に集うことになっている。かなり大掛かりなものだ。

「連絡はどうなってる？」

いきなりこっちに話の矛先が飛んできて、久瑠美は慌てて手帳を開いた。

「えーっと、今の時点で八社からオーケーの返事が来てます」

「残りは四社か……」

「明日、また連絡してみます」

「はい」

ふいに脇腹が小突かれる。弥生が笑みを浮かべ、「なんかいいバディになってきたねぇ」と小声で言った。

「からかわないでください」

そっちこそ、付き合ってるって疑われてるんですから。そんなことなど露知らず、弥生はせっせと芋焼酎の水割りを作っている。話が野外コンサートに及ぶと、小塚が咳払いして立ち上がった。久瑠美はもちろん、その場にいる全員が話を止めて小塚を見上げた。

「では、今年のコンサートの出演者を発表します」

「もったい付けんなって。どうせ地元の誰も知らんようなタレントだろう」

浜崎が茶々をいれたが、小塚は自信たっぷりの顔を浮かべたまま微動だにしない。

「違うよ、浜崎さん。今年の出演者は誰もが知ってるあのアイドルグループだ」

アイドルグループ。そう聞いた途端、その場の空気が一変した。

「ほんとか……」

信じられないといった表情で、浜崎が重ねて聞いた。

「やっとオーケーが取れた。今度、契約書を交わしに行ってくる」

拍手が起こった。小塚は得意満面で頷いている。久瑠美もこれには驚いた。テレビにラジオに引っ張りだこのスーパーアイドルグループ。それがこんな田舎の遊園地に来るなんて……。

「そんだけ流れがきてるのなら、お前の念願の企画も叶うかもしれんな」

「あぁ、あれな……」

伊藤の言葉を受けて、小塚がふと神妙な顔をした。

「あれってなんです？」

久瑠美は小声で弥生に尋ねた。

「原寸大ウルトラマンの立像」

「なんです、それ？」

「私もよくわかんないけど、それを立てるのが小塚さんの夢なのよ。ここ二、三年、ずーっと言い続けてる」

ウルトラマンの立像といわれても久瑠美にはピンとこない。ウルトラマンの顔はなんとなくわかるが、詳しくは知らない。ただ、小塚がウルトラマンに拘っているなんてちょっと意外な感じがした。どっちかっていうと、オタク系には縁がないような、そんなイメージがあるから。

「今年の夏も稼ぐぞ！」

小塚の音頭で、本日何度目かの盛大な乾杯が沸き起こった。

ひとしきりアイドルグループの話で盛り上がった後、小塚が「それでは最後に」と切り出した。

「若手三人から企画を発表してもらおう」

久瑠美が居住まいを正して身構えると、「久瑠美、気合いはいってるねー」と弥生が小声で突っ込みをいれてきた。

「そんなんじゃないですよ」

久瑠美も小声で言ったつもりだったが、小塚には聞こえたようだ。

「じゃあ、お前は一番最後だ。まずは遊園地課の吉村から」

小塚が吉村を指名した。お酒のせいなのか、それとも当てられて恥ずかしいのか、吉村は顔を真っ赤にしたまま俯いている。

「吉村、どうした」

同じ課の上司である浜崎が声をかける。それでも吉村は顔を上げようとしない。

「もしかしてお前、まだ考えてないのか」

吉村が小さく頷くと、「バカかお前！」と浜崎が大声で怒鳴った。

「すみません……」

大きな身体を折り曲げるようにして縮こまる吉村は、まるでアルマジロのようだ。

「何度も考えとけって言ったろう！」

テーブルをひっくり返すような勢いで浜崎が怒るのを、

「浜さん、そんなに大声あげないで。他にもお客さんがいるんだから」

弥生がそう言ってたしなめた。今まで散々騒いでおいて今更な気もするが、怒鳴り声となるとまた違う。浜崎は吉村を睨みつけたまま、まだ何か言いたそうだったが、そのまま黙って焼酎を喉に流しこんだ。

「じゃあ、吉村の企画はまた後日に聞かせてもらうとしてだ。次は宣伝課の美月ちゃん、どうぞ」

私のことは波平で美月のことは美月ちゃんかよ。小塚の顔を横目で睨む。小塚は久瑠美の視線なんて気にも留めず、美月が何か言うのを笑顔で待った。

「私が考えたのは」

驚いたことに美月は何本もの企画を考えていた。芸能人を招いてのアクアプールを使った水泳大会。芸能人を招いての夜の遊園地肝試し大会。芸能人を招いてのジェットコースター早食い競争などなど。

「……全部芸能人を招いてなんだな」

小塚の言葉に、「宣伝的には絶対に効果的なので」と美月は自信を持って応えた。

「確かにそりゃそうなんだが……」

「お金、かかるよね」

小塚のあとを同じ宣伝課の先輩である弥生が引き取った。

「そのお金がないから知恵を絞ろうって話なんだけど」

「やっぱりダメですか……」

ふっと美月の顔が曇る。

「ダメとかそういうんじゃないんだよな。いいセンいってると思う。でもウチはさ、他所とは違ってほら、そんなに予算も組めないからな」

（こんな言い方もできるんだ）と久瑠美は思った。小塚の物言いは優しく、まるで子供をあやすように聞こえた。

「すみません、考え直します」

消え入るように呟く美月に、「そうして」と弥生が投げかけた。小塚と違って弥生はなんの容赦もない。

「じゃあ次だ、波平（なみへい）」

「だから、なみひらですって！」

「なんでもいいから早くしろ」

軽く焼酎の水割りを飲んで、一度気分を落ち着けると、「私の考えた企画は」と切り出した。久瑠美が考えたことは落し物の返還だった。これは先日のボタン騒動の一件で思いついたものだ。園の倉庫には沢山の品物が引き取られないまま眠っている。傘や水筒、弁当箱といった日用品から、上着、帽子、ハンカチにデジタルカメラ。大きなものではバーベキューセットや何に使ったのかゴムボートまである。驚くほど千差万別だ。

「それで、どうやって落し物を返す？」

伊藤が尋ねる。

「まず、園のホームページに写真をアップするんです。こんなものがありますよって。落し物をした人は、自分でどこに落としたのかわからなくて探してる人もいると思うんです。それを引き取りにきてもらいます」

「しかし、落し物全部をアップするのはなぁ」

今度は浜崎が言った。久瑠美も全部をアップできるとは思っていない。

「一部でいいと思うんです。特徴的なものだけでも。こんな催しをやりますよってホームページだけじゃなくて宣伝もやってもらったら、もしかしてと思う人がいるんじゃないでしょうか」

思いついた時はグッドアイディアだと思ったが、久瑠美の予想に反して一同は押し黙った。

「ダメ……でしょうか？」

「いや、ダメじゃない」

真っ先に応えたのは小塚だ。

「少なくとも金をかけずに集客のできる企画だ」

そう。そうなのよ。

「ただだな、たんに落し物の返還じゃなく、落し物市として告知して、期限を切って後半でバザーをやるって風にすれば、客も喜ぶ、倉庫も片付く。一石二鳥だ」

小塚はどうだという風に一同を見回した。

「倉庫の問題はずっと頭痛の種だったからな。確かにそれならいけるかもしれん」

腕を組んだまま伊藤が頷く。

「倉庫が片付けばウチは助かる。備品の収納場所にずっと困ってるし」

浜崎も後に続いた。

「案山子」

小塚が上園に声をかけた。

「はっ、はい！」

「お前、前職はパソコン系だったよな」

「ｗｅｂマガジンです……」

「なんでもいい。お前がフォローしてやれ」

「わかりました」

上園は久瑠美を見て、「よろしくお願いします」と頭を下げた。

「いえ、こちらこそ」

「凄いじゃない、久瑠美」

「え……」

「新人の企画が通るなんて異例中の異例よ」

弥生に頭を撫でられて、久瑠美は照れ臭そうに笑った。それを小塚が見逃すはずがない。

「詰めが甘いんだよ、お前は」

「新人なんだから、それくらいいいじゃないですか！」

「その考えも甘い」

「甘い甘いって何度も言わないでください」

「綿アメみてぇにベタベタする」

小塚と久瑠美が言い合うのを、一同が笑って眺める。久瑠美はふと、不思議な感じがした。今ではもう、一人一人の声が認識できる。いつの間にか、この雰囲気が嫌じゃなくなっていることを心が感じていた。


翌日、久瑠美が社長室のドアをノックすると、中から「どうぞ」と声がした。

「失礼します」

ドアを開けて中に入ると、椅子に座った宮川と机を挟むようにして、「デカ男」こと吉村豪太郎が青白い顔で俯いていた。

「急ぎの用かね？」

あれから落し物市の企画書を作れと小塚に言われ、ほとんど寝ずに頑張った。久瑠美はとっさに企画書を後ろに隠すと、「特に急ぎではありませんから、また出直します」と笑った。その時だ。視線の先に宮川の机の上に載った封筒が目に入った。そこには

「退職願」と書かれている。

「吉村くん、辞めんの！」

驚きの声が口を突いて出た。吉村は俯いたままだ。日焼けしているはずなのに、その顔はやけに青白く感じた。

「なんで……」

「君には……わからない」

吉村が小さな声で答えた。

「わからないって何がよ」

再び吉村が黙る。何かといったらこれだ。興味のあることならばこっちが尋ねもしていないのにベラベラ喋るくせに、肝心なことは黙り込んでしまう。寡黙なんじゃない。ただ臆病なだけだ。自分の言葉で気持ちを表せない人間は、サービス業には向いていないと思う。特に遊園地はそうだ。夢の国に笑顔以外はいらない。

「失礼しました」

久瑠美は宮川に一礼すると、そのまま踵(きびす)を返して社長室から出て行こうとした。

「待ちなさい」

宮川に呼び止められた。

「波平くんもここにいてくれ」

「でも……」

「これから私が話すことを一緒に聞いてもらいたい」

　久瑠美は黙って頷いた。

「私は不完全な人間だ。イライラする時もあるし、体調が悪い時も人と話したくない時もある。世の中の人は誰だってそうだと思う。そんな我々が社会を作っている。当然、摩擦も起こるし、争いも起こる。その行き着く先が戦争だ。不完全な人間が怒りや憎しみや悲しみを吐き出す」

　宮川はそこで一度言葉を切ると、「君たちはどうして遊園地が生まれたと思う？」と問うた。遊園地が生まれた訳なんて、これまで一度たりとも考えたことはなかった。最初からそこにあるものとして捉えていたから。吉村は俯いたままで、久瑠美は小さく首を振った。

「最初の遊園地は一五八三年にデンマークでオープンした『デュアハウスバッケン』だと言われている。私も一度行ってみたが、そこは森の中にある。緑が本当に豊かで、沢山の野鳥が鳴いている。馬車に揺られて森の一本道を進むと、ふっと現れるんだ。特別な乗り物は何もない。しいていえば木造のジェットコースターくらいだ。私はベンチに座ってしばらくぼんやりしていた。デンマーク語はわからないが、訪れた人の表情は優しくて、楽しげな笑い声が響いていた。きっと、昔からそうだったと思う。その時、ふとガイドブックに書いてあった世界の歴史のことが頭に浮かんだ。この頃の世界はオスマン帝国が猛威をふるい、十六世紀前半にヨーロッパ各地で起こった宗教改革の波が複雑な紛争を生じ、やがて列強間の権力闘争へと発展していった時代だ。世界のどこに行っても争いはあった。だからだと私は思ったよ。遊園地は争いに疲れた人間の反動が生み出したものじゃないかとね。森の奥に開かれた夢の国、そこでは誰もが笑ってる。魔法にかかったようにだ。君たちは大袈裟だと思うかもしれんが、遊園地は人間のバランスを保つための大切な役割を担っていると私は思う。そこを支えるのは素晴らしいことだともね」

宮川は湯呑みを摑んでお茶を飲んだ。そして、吉村を見つめるとこう続けた。

「吉村くん、君はここに来てまだ三ヵ月足らずだ。遊園地のゆの字さえわかっていない。私は最初に言ったね。一年間は見習いだと。最低でも一年ここにいて、遊園地のことがわかった上でもう一度考えてみる。そうしたらどうかね」

吉村はじっと床の一点を見つめたままだ。久瑠美もまた、虫ピンで留められたようにその場を動けなかった。宮川の言葉は吉村に向けたものだったが、久瑠美の心にもビンビン響いた。

「波平くん、同期のよしみで、吉村くんのことを助けてくれないか」

「はい……」

(それはちょっと)と思ったが、宮川に直々に言われるとそう答えるしかなかった。

「それまでこれは預かっておくよ」

宮川は封筒を摑むと、机の引き出しに仕舞いこんだ。社長室を出た後、久瑠美は強引に吉村を引っ張った。ちょうど、会議室のプレートが「空」になっているのを見て、吉村を突き飛ばすように部屋の中に入れると、「さっきの続きだけど」と切り出した。

「あんたが辞めようが何しようが、こっちはちっとも構わない。でも、君にはわからないってどういう意味？　それだけ教えて」

一気にまくしたてた。吉村がどれだけ黙っていようと、意味を聞き出すまではここから出さない。そんなつもりで久瑠美はドアの前に立った。それが伝わったのか、久瑠美に横顔を向けたまま、吉村は口を開いた。

「君は望み通り企画課に入れたから……」

「はぁ？　私はどこでもいいって言っただけで、別に望んでなんかないわよ」

「でも、楽しいんだろ。企画出したりとか。見てればわかる」

何を言ってんだコイツと思いつつ、ぐっと我慢して吉村の話に耳を傾ける。

「僕は子供の頃からヒーローショーに憧れてたんだ。ここのショーは子供の時から大好きで、何度も見に来た。だから、就職活動も一本に絞って、やっとＴＳＷに入れた。なのに、なんで僕が遊園地課なんだ……」

「それが辞めたい理由なわけ？」

「希望が叶った君に僕の気持ちなんてわかるはずない」

吉村のいじけた目。その目を見た途端、抑えていた気持ちが弾けた。

「ふざけんな！」

大声で怒鳴った。夢に破れ、途方に暮れ、生き甲斐を見失って、二度と遊園地なんて行かないと決めた。なのに、そんな自分が望みもしない地方の遊園地に来なければならなくなった。それがどれほど辛いことか、苦しいことか、あんたにわかるのか。

「甘えてるんじゃないわよ！」

「甘えてなんかいないさ。悪いのは園の方なんだ。僕は面接の時にも言ったんだ。ショーのことならすべて知ってます。誰にも負けない知識がありますって。なのに、なんで僕が遊園地課で君が企画課なんだ！」

まるで自分を見ているようだった……。ディズニーランドのことならなんでも知っている。あの頃、久瑠美は本気でそう思っていた。子供の頃から何度も通い、キャストで表彰もされ、誰よりもここを愛している。でも、その態度を傍から見ると、こんなにも自惚れに見えるということを初めて実感した。遊園地のほんの一部だけを見て知っているつもりになっている、憐れな虜だ。

「あんたにヒーローショーは作れない……」

吉村が久瑠美を見た。初めて見せる怒りの形相だった。殴りかかられたらこの体格差だ。ひとたまりもない。それでも久瑠美は構わず言葉を続けた。

「あんたが喜んで、夢中になったようなヒーローショーは絶対作れない」

「どうしてそんなことが君にわかるんだ……」

「自分が見たいものを作るんじゃない。心の底からお客さんのことを考えて、お客さんが望むものを作らないと、笑顔は生まれない」
久瑠美はそれだけを告げると、ドアを開けて部屋を出た。

第五章
夏の準備

七月十日、気象庁が熊本の梅雨明けを発表した。例年よりも一週間程度早いということだ。でも、そんなことはどうでもいい。

朝もまだ七時前だというのに、部屋の気温はすでに30度に近い。ニュースなんかでよく、家の中でも熱中症になると伝えているけれど、それも実感としてわかる。品川にある実家のマンションは高層階だから、窓を開けていれば東京湾からの涼しい風が吹き抜ける。それに、久瑠美は冷え性だから、夏場クーラーを点けて寝るということはしない。

(なに、この暑さ……)

だが、ここでそれを貫けば命が危ない感じがする。久瑠美はベッドから立ち上がると、少しでも風を求めて窓を開けた。途端、蟬の大合唱が飛び込んでくる。梅雨の晴れ間にもポツポツと蟬の声を聞いてはいたが、梅雨明けと同時にこんなに一斉に鳴き出すなんて思ってもみなかった。本当に、大袈裟でもなんでもなくジェット機も顔負けというくらいの凄まじい騒音だ。テレビの音なんかまるで掻き消されてしまう迫力なのだ。だが、久瑠美にとって煩(うるさ)いのはいくらでも我慢できた。

（耐えられないのは存在よ……）

熊本にいる蟬と東京にいる蟬は違う。色が違うし鳴き声も大きい。そして、なによりデカい。黒っぽい蟬が木にへばりついているのを見つけた時は、ゴキブリかと思ったほどだ。

【虫天国】の管理人によると、関東一円にいる蟬は体長35㎜ほどのミンミンゼミだという。一方、九州の平野部に多くいる蟬は、体長55㎜ほどのアブラゼミと体長70㎜にもなるクマゼミが主流なんだそうだ。鳴き方もミンミンゼミが夏らしく「ミーンミンミン」と鳴くのに対して、「ジージジジジ」と「シュワシュワシュワ」。まるでウルトラマンだ……。鳴き声を聞いているとそんな愚痴の一つもこぼしたくなる。それくらい熊本の蟬は我が物顔で夏を満喫していた。

せっかくシャワーを浴びて汗を流したのに、出社するともう汗だくになる。事務所は四六時中、燦々と陽が当たり、しょっちゅう人が出入りするからクーラーをかけてもそんなに冷えない。冷蔵庫から冷たい麦茶を取り出して自分専用のコップに注ぐと、一気に飲み干して身体の中からクールダウンを図る。ちょうど、二杯目を飲もうとしていた時、「なんだ、二日酔いか」と小塚に声をかけられた。

「暑いんです」

「更年期か」

（誰がよ……）

「そっちこそ中年なんだし、熱中症には気をつけた方がいいですよ」

小塚が作業している手を止め、「失礼なこと言うな。俺はまだ青年だ」と怒鳴る。

「それにな、熱中症は年齢に関係なくなるもんなんだよ」

「知ってますよ、それくらい」

「あー、はいはい」

久瑠美と小塚の言い合いに弥生が割って入る。これはもはやお馴染みの光景だ。社員達はすっかり慣れっこになって、誰もこっちを注目などしていない。いや、一人いた。冷たい目で小塚とのやり取りを見つめている沼田次長だ。久瑠美がその視線に気づくと、沼田はさっと目線を逸らして手元の資料をめくった。なんだか避けているような様子が気になったが、「さてと、庭師仕事に出かけるか」と小塚に言われ、久瑠美は視線を戻して「ですね」と返事をした。小塚の言う庭師仕事とは木の剪定のことだ。宮川社長の号令で、夏休み前の平日に手の空いた社員でやろうということになった。それだけじゃない。遊具やベンチ、店舗の壁や路面を点検し、ペンキで綺麗に修復することも。実はこれは久瑠美の発言が元になっている。ここのところ連日、上園と落し物市のサイト作りに追われている。その最中、上園との会話はほぼ、ディズニーランドの話に終始している。これは別に久瑠美が一方的にしているのではなく、上園がポツリポツリと質問をしてくるからだった。その中で久瑠美が言った言葉がある。

「ディズニーランドには枯れた木なんて一本もないし、色剝げした機械なんて一台もないんです」

その時、上園はいつもと変わらず「へぇ」と言っただけ。特別な反応を見せていたわけじゃない。だが、それは深いところで上園の心に響いていたのだろう。上園はそれを小塚に伝え、やがてそれは宮川の耳に届いた。潤沢な資金のあるディズニーランドでは、剪定や塗装といった作業は外部の業者が行う。もちろん、TSWでも外部業者を雇ってはいるのだが、一年のうちに何度も依頼すると、それだけでかなりの高額になってしまう。それを補っているのが遊園地課なのだが、何しろ少人数で人手が足りない。そこで、同じ遊園地事業部の企画課や宣伝課、それに営業部やホテル・ゴルフ部の手の空いた者まで動員して、園を綺麗に整えることになったのだ。弥生が「こんなことは自分が園に来て、一度もない」と言うと、「俺も記憶にないいな」と小塚が笑った。

「あんたの一声は大きいわ」

「そんな……」

弥生に担がれて久瑠美は困った顔をしたが、内心はとても気分が良かった。どう頑張ってもTSWがディズニーランドを上回ることはできない。でも、近づくことはできる気がする。それは社員の気持ち一つだ。久瑠美と小塚は事前点検でチェックしていた、ウォータースライダーの周辺から剪定を始めた。そこはスライダーで頂上まで登ると、ちょうど正面の位置に枯れた木が目につく場所だった。大きな脚立を立て掛け、高い所は小塚が、低いところは久瑠美が受け持った。麦わら帽子と日焼け止めと長袖のジャンパーでなるべく肌の露出を抑えていても、降り注ぐ日差しは強烈で、汗があとからあとから噴き出してくる。首に巻いたタオルはあっという間に湿ってきた。それでも気持ちは前向きだ。手を休めることなく枝を伐（き）り続け、小一時間もする頃には、持ってきた五枚の大きなビニール袋は伐り落とした枝葉で満杯になった。

「そこまでやったら一息入れよう」

シャツで頬の汗を拭いながら小塚が言った。さすがに九州生まれの小塚でも、この暑さは辛そうに見えた。

「私、飲み物買ってきましょうか」

「わかってきたじゃねぇか」

「私が欲しいからついでです」

久瑠美は剪定バサミを地面に置くと、一番近い売店へと早足で向かった。

「ポカリスエットのビッグサイズを二本ください」

売り子として働いている三田（みた）さんに声をかけると、「わ、声でわかった」と驚かれた。

「波平（なみへい）ちゃんじゃないの。そんな格好してるから、業者のオバサンが来たと思ったよ」

もはやすっかりあだ名は「なみへい」で成立している。今更、「違います」と訂正したところで詮無いことだし、最近ではそんなに悪い気もしなくなっていた。

「今日は造園業者です」

久瑠美が笑うと、「エラいねぇ。じゃあこれ、おばちゃんからのサービス」と言って、バニラのアイスクリームを手渡してくれた。戻ると小塚は木陰に座っていた。ポカリスエットを手渡すと、「サンキュ」と言うや一気に飲み干した。

「それは？」

「三田さんの差し入れです」

「顔はゴツいけどいいオバチャンだ」

「一言多い」と返そうかと思ったが、嬉しそうな顔でアイスクリームを頬張る小塚を見たら言えなくなった。久瑠美も小塚の隣に座って、ポカリスエットを飲んだ。

「早く食わねぇと溶けるぞ」

小塚に指摘され、アイスクリームの蓋も開ける。両方を同時に口に入れるとおかしな味がしたが、それよりも心地良い冷たさの方が勝った。それにしても蟬の鳴き声が物凄い。「ジジジ」と「シュワシュワ」が競い合うようにして鳴いている。半年前、まさか自分が九州に来て、蟬の大合唱を聞きながらアイスクリームを食べているなんて想像もしていなかった。運命とはつくづく不思議だ。

「どうした？」

ふと我に返ると、小塚が顔を覗き込んでいる。

「腹でも痛くなったか」

アイスクリームを掬ったままぼんやりしていたから、小塚は気にしたようだった。

「いえ。蟬の声が凄いなぁって思って」

「東京でも鳴いてるだろう」

「鳴いてますよ、そりゃ。でも、種類が違うし、人の声が聞きづらくなるくらい凄いのは初めてです」

「お前、虫が嫌いな割には蟬の声が違うとかわかるんだな」

「ミンミンゼミは〝ミンミン〟、アブラゼミは〝ジージジジ〟、クマゼミは〝ジュワシュワシュワ〟」

完全な【虫天国】の管理人の受け売りだったが、そんなことはおくびにも出さない。

小塚はふと目を丸くしたが、やがていつものふてぶてしい面構えに戻ると、「そりゃどうも」と言った。再び久瑠美がアイスクリームを食べ始める。すると、「ほんとは虫好きなんじゃねぇのか」と言った。冗談じゃない。

「断じて違います。鉄壁の防御を築くには相手のことを知らなきゃならないんです。そのためにマクロ撮影用のレンズや自撮り棒まで買ったんですから……」

「へぇ。マクロレンズねぇ。あれがねぇと接写はできねぇからな」

小塚が両手を差し出して、指先をレンズの形にした。

「私は小塚さんとは違うんです！」

久瑠美の勢いに押されたように、小塚は両手を下げた。

「それで、虫の写真を撮ってどうしてるんだ？」

「虫に詳しいサイトがあって、そこに送ってるんです」

ふいに小塚が目を見開いてこっちを見た。

「なんです……？」

（私、そんなに変なこと言った？）

「なんてサイトだ？」

「【虫天国】……」

言った途端、小塚は「ワハハ」と声を立てて笑い出した。いや、笑い出したなんてもんじゃない。文字通りのバカ笑いだ。小塚は昆虫採集が趣味だ。しかも、日本だけじゃなく、世界各地の昆虫を捕っているという。そんな小塚から見れば、【虫天国】なんてサイトは子供じみているのかもしれない。でも、ここまで笑うことないじゃない。

「そんなに大声で笑っていいんですか。鉄則に触れますよ」

久瑠美は精一杯の嫌味をいった。小塚はまだ笑いを噛みしめていたが、「蟬ってのはよ」と話し始めた。

（なんでまた蟬の話？）

「幼虫の間はじーっと土の中にいて、成虫になってからは一週間くらいしか生きられない。実に儚（はかな）い存在なんだよな。だから、外に出てきたら精一杯、声を限りに鳴くんだよ。

それを知ったら邪険に思わないで大事にしてやろうって思うわな」

　今度は久瑠美が小塚の顔を見つめる番だった。

「なんだ、その顔」

「なんか小塚さんじゃないみたいだったから」

「どういう意味だよそりゃ」

「だから言った通りの意味です」

　小塚の口からこんなロマンティックなセリフが飛び出すなんて想像したこともなかった。最初に会った頃は思いやりの欠片も無い人だと思っていた。はっきりいって嫌いだった。でも、今はその気持ちも少しずつ薄れている。弥生がいつか言っていた、「久瑠美も会えばわかるよ」という言葉。それが実感として少しずつだがわかり始めている気がする。

「それはそうと、吉村のことだけどよ」

　ふと、真面目な顔をして小塚が切り出した。

「今度、安さんに会わせてみようかと思ってる」

　吉村は宮川社長に辞表を出した翌日から、出社をしなくなっていた。携帯も繋がらなければ、アパートにもいない。実家にも帰っていない。完全な雲隠れをしてしまった。

「見つかったんですか？」

「昨日な。熊本市内で酔っ払って寝ていたのを通報されて、警察が連れて帰ったそうだ。

財布からウチの社員証が出てきて連絡があったから、浜さんが引き取りに行った」

（迷惑な奴……）

「安田さんのところに入れるってことですか？」

「不服か」

久瑠美の表情を見て小塚が微かに笑った。

「別に私はなんにも……」

とはいうものの、小塚が吉村の今後まで面倒見る必要はないとも思う。

「それはわからん。本人の気持ちもあるし、そもそも安さんが認めてくれるのかってのもある」

確かにその通りだ。

「ただ、自分が見たいものを作るのか、お客が望むものを作るのか。あいつにもチャンスは必要なんじゃねぇかと思ってな」

久瑠美はまじまじと小塚を見た。それってあの時、自分が言ったことだ。

「こっそり聞いてたんですね！」

「こっそりじゃない。聞こえたんだよ。あれだけ大声で喚けば筒抜けにきまってるだろうが。事務所の壁が薄いって話、しなかったか？」

「してませんよ」

久瑠美がむっつりと答えると、小塚が声を出して笑った。蟬の声と小塚の笑い声が青空の下で混ざり合う。そこに、ウォータースライダーではしゃぐ若者達の声が加わった。大きな水飛沫が上がるたび、はち切れんばかりの歓声が溢れる。

「笑顔ってのはいいもんだな」

小塚が若者達を眺めながら呟いた。久瑠美も若者達の方を眺めたまま「はい」と応えた。なんだか話をはぐらかされた気がするが、底抜けの笑顔を眺めているとどうでもよくなった。ほんとに、笑顔って素敵だ。

閉園後、大方の社員が帰ったあとも事務所の明かりは消えない。このところ連日で久瑠美と上園の残業が続いているためだ。落し物市のラインナップは二〇〇点をアップすることに決めた。少ない数だと目につかないし、忘れ物をした人がサイトを見てくれたときにこれだけの物があるのなら、たとえここには載っていなくてもまだ自分の物もあるかもしれない。そんな風に園に足を運んでもらいたかった。そしてもう一つ、久瑠美には頑張れる大きな理由がある。自分の立てた企画をきちんと実現させたい。任せてくれた小塚を始めとする遊園地事業部のみんなに精一杯応えたいという気持ちがあった。だが、作業量は久瑠美が思っていたよりも遥かに大変だった。倉庫に行って忘れ物をピックアップし、デジカメに収める。なるべく特徴のある物を選んで、それをサイトにアップしていく。地味な作業だが、間違えると元も子もないから慎重さと根気が必要だった。正直、二〇〇点という目標を掲げたことをちょっとだけ後悔もした。でも、そんな不安を拭い去ってくれたのが先輩の上園だった。日頃は案山子とあだ名され、おちょくられていることの多い上園だが、パソコンの知識と黙々と作業を続ける粘り強さには驚かされた。久瑠美が迷うと話を最後まで黙って聞いてくれ、手直しを依頼すると嫌な顔一つせず、確実に作業をこなしてくれた。そのおかげでラインナップはほぼ一〇〇点に近づきつつある。もしも自分一人だとしたら、到底間に合わなかったに違いない。

「上園さん、疲れたら休憩してくださいね」

コーヒーメーカーから二人分のコーヒーをカップに注ぎながら、久瑠美は背中を丸めてパソコンと向き合う上園に声をかけた。

「お構いなく。疲れてませんから」

こちらを見ることもなくひたすら手を動かして、久瑠美が書いた落し物の特徴を打ち込んでいく。いつものぼーっとした雰囲気より、あきらかに嬉々(きき)としているように見える。久瑠美は淹れたてのコーヒーを上園の机に置くと、隣の席に座って作業を眺めた。どことなく有能なサラリーマンっぽい。誰もいない事務所に残り、白いシャツの袖を捲(まく)って一人黙々と仕事をこなす姿は、どう考えても遊園地の社員とは程遠く感じる。

「どうして上園さんは遊園地に就職したんですか」

つい、聞いてみた。上園が顔だけを横に向けて久瑠美の方を見た。

「どうしてとは？」

「いや、なんていうか……、デスクワークが似合ってるなぁって思って」

こんなに真面目な顔で問い返されるとは思っていなかったので、久瑠美はなんとなく笑顔で誤魔化した。

「大学にいた頃、学部でいつもこんなことをやっていましたから」

「何をしていたんですか？」

「東大工学部でロボットの構造研究をやっていました」

「え！」

この人、東大卒だったの！　道理でちょっと変わってると思った……。久瑠美の中ではなぜか、東大生は「変人」というイメージが確立されている。

「だったら尚更こんなところに来ることなかったんじゃないですか」

こんなところと言ってちょっとしまったと思い、「だからその、就職先は沢山あったんじゃないかと思って」と言い直した。上園は手を止めてコーヒーカップを摑むと、一口飲んだ。そして、「私、遊園地が好きなんです」と言った。上園の答えは実にシンプルだった。好き。だから、入った。それはわかる。

「でも、ディズニーランドとかユニバーサル・スタジオ・ジャパンとかは考えなかったんですか」

「考えました」

だよね。

「しかし、東京で行われた企業説明会で宮川社長の話を聞いた時、ここにしようと決めました」

「社長の話？」

「はい。宮川社長はここを『オズの魔法使い』の世界のような遊園地にしたいと仰いました」

「それ、私も聞いたことがあります。でも、意味が全然わかんなくて……」

「波平さんは『オズの魔法使い』という作品を読んだことがありますか」

「いえ。でも、映画なら子供の頃にテレビで観た記憶はあります」

「覚えていますか」

うーん、そう言われると、なんとなくしか覚えていない。

「『オズの魔法使い』の粗筋を簡単に説明すると――」

これは百年以上前に書かれた物語だという。著者はライマン・フランク・ボームというアメリカ人だ。主人公はドロシー。十二歳の女の子。ある日竜巻に巻き上げられてドロシーは異世界に迷い込む。そこは魔女の治める世界だ。ドロシーは自分の世界へ帰ろうと旅を始める。その途中、ライオンやブリキの木こり、案山子と出会うのだが、彼らはそれぞれこうなりたいという望みを持っている。それをまとめて叶えてやるという魔女の言葉を信じて、ドロシー達は様々な困難に立ち向かいながら、ついに約束を果たす。褒美を貰おうとするライオン、ブリキの木こり、案山子に魔女は言う。「すでに望みは叶っている」と。そして、ドロシーも自分の世界へと帰りつく。

久瑠美は上園の話を頷きながら聞いた。（この人、ちゃんと話ができるんだ）と思いつつ。

「――以上です」

上園は再びコーヒーを一口飲んだ。

「あの……」

「はい」

「粗筋はわかったんですが、結局、社長の言いたいことって何なんでしょう」

やっぱり久瑠美にはよくわからない。

「宮川社長のお考えは私にもわかりません。しかし、私はこう解釈しました。ＴＳＷは社員の働きによって、どれだけでも広がったり豊かになったり楽しくなったりする場所だと。だから私はここを選びました」

久瑠美はハッとした。宮川の話を聞いた時、てっきりディズニーランドと張り合うために、『オズの魔法使い』の話を持ち出しているのだとばかり思っていた。しかし、新入社員の入社式をヒーローショーの中に取り込んだり、小塚を三ヵ月もミャンマーに行かせたり、今もまた、久瑠美の企画を後押ししてくれている。

「遊園地は争いに疲れた人間の反動が生み出したものじゃないかとね。そこを支えるのは素晴らしいことだ……」

久瑠美の脳裏に宮川が語った言葉がありありと甦った。

（そうかもしれない……）

ふいにスマホから着信音が流れた。久瑠美は家族、友達、恋人で着信音を変えている。このメロディーは紛れもなく恋人の岩嵜秀一郎からのものだった。すでにいつもの調子で作業を進めている上園に、「ちょっとすみません」と断ると、久瑠美はスマホを持ったまま廊下へと走り出た。

「もしもし久瑠美？」

秀一郎の声だ。ここのところ忙しくてろくに話もしていなかった。

「今、いい？」

「うん」

「来週、福岡で打ち合わせがあるんだ。久瑠美さえよければ、戻るのを一日ずらしてそっちに行こうかと思ってる」

「え、ほんと！」

つい大声が出て、久瑠美は慌てて口を塞いだ。

「どうした？」

「ごめん、まだ仕事中だから」

「ほんとかよ。凄いな」

秀一郎が大袈裟に驚いた。

「で、来週の予定ってどんな感じ？」

来週になればセットアップも終わって一息つけるはずだ。

「もちろん大丈夫」

「良かった。じゃあまた電話する」

「うん」

「半年振りにイチャイチャしまくろう」

「わかった」

久瑠美は電話を切った。

（イチャイチャって……）

エッチな想像が頭を過る。ヤバ。私、欲求不満みたい。久瑠美は火照りを鎮めるために、トイレへと歩いていった。

再会

真夏の青空に一際大きな入道雲がそびえ立っている。まるで『天空の城ラピュタ』みたいだ。荒尾駅の隣、福岡県の端っこにある大牟田駅で秀一郎が乗った電車を待ちながら、久瑠美は空を見上げていた。遠くから、近くから、蟬の声がする。近頃ではもう耳がすっかり慣れてしまい、煩いとも思わなくなっていた。有給を取って大牟田駅で待ち合わせることにしたのは理由がある。園からはちょっと離れてはいるが、福岡の繁華街である天神から西鉄電車の特急に乗れば、ここまでは直通だし、一時間ちょっとで来られると弥生が教えてくれたのだ。

大牟田駅は荒尾駅と比べたらかなり大きい。昔、ここには炭鉱があって、随分と栄えていたらしい。ガタンガタンと音がした。電車が到着したのだ。久瑠美はバッグから手鏡を取り出すと、前髪の流れをチェックした。セミロングの髪はいつの間にか伸び、無理をすれば後ろで結べるくらいになっている。気にはなっているのだが、こっちに来て一度も美容院に行っていない。いいお店、美月ちゃんに教えてもらおうかなぁ。久瑠美は鏡に映った自分の顔を見ながらそんなことを思った。改札の前に立って、まばらな人の波が階段を降りてくるのを眺めていると、そこに背の高い男が交じっているのが見えた。濃いブルーのポロシャツに白い綿のパンツ、肩からバッグをたすき掛けして、手には抱えきれないほどの紙袋を下げている。「秀一郎」と名前で呼ぶのはなんだか恥ずかしくて、久瑠美は「おーい」と呼びかけた。久瑠美の声に気づいた秀一郎はすぐに笑顔を見せた。

「久し振り」

「だね」

「髪、伸びた？」

「ちょっとね」

電話と変わりのない他愛のない会話だが、やはり相手が目の前にいると違う。久瑠美はあまり秀一郎の顔を見られず、手を伸ばして紙袋を幾つか受け取った。

「何、これ」

「みんなからのお土産。預かってきた」

ふと、友達の顔が浮かんだ。私のこと、覚えててくれたんだな……。淡い懐かしさを感じながら、構内を抜けて東口のロータリーの方へと向かう。目の前にはタクシー乗り場があり、三台のタクシーが客待ちをしている。久瑠美と秀一郎は先頭のタクシーに乗り込んだ。その際、紙袋は全部トランクにいれた。最初は気づかなかったが、車に乗ると秀一郎の身体から微かな香りがした。

「香水とかつけてんの」

「まぁね。男の身だしなみってヤツ」

「ふ～ん」

以前は香水なんてつけたこともなかったのに。久瑠美はなんとなく気になったが、会ってすぐに気まずくなるのもイヤだったので、それ以上あれこれ聞くのは止めた。

「東洋スーパーワンダーランドまでお願いします」

初老の運転手に目的地を告げると、「あぁ、遊園地ね」と念を押された。車が走り出すとすぐ、秀一郎がクスクスと笑い出した。

「何？」

「いやさ、なんべん聞いてもその名前、ウケるから」

「あぁ」

　自分はもう慣れたからなんとも思わない。

「でも、最初は恥ずかしかったかな」

「恥ずかしいよ。スーパーでワンダーだぜ。ネーミングセンス、疑っちまうよな」

「まぁね」

　秀一郎はまだ若い。久瑠美より三つしか歳は変わらないのだが、大手広告代理店の一つ、電博でクリエイティブディレクターをしている。それだけに言葉には敏感だった。

「ここから久瑠美が働いてるとこまでは、何分くらいかかるんだ？」

「ここからでしたら、二十分くらいでしょうかねぇ」

　久瑠美が答える前に運転手が答えた。

「そんなもんか。地図見たんだけど、そこそこ距離があったから。田舎だし、混まないのかな」

「ちょっと……」

　久瑠美は小声で秀一郎を小突いた。地元の運転手の前で「田舎」とか平気で言わないで欲しい。秀一郎はちょっと不思議そうな顔をしたが、すぐに外の景色に気を取られたようだ。

「うわぁ、田んぼだらけ。いっそここまで来ると清々しいな」

「空、広いよな」

「車がいねぇ」

そんなことを次から次に言った。馴染みのない場所にきて、テンションが上がるのはわかる。でも、久瑠美はどこかバカにされているような違和感を覚え、妙に心がざわざわした。久し振りに会えたのに、自分の知らない人が来たような、そんな感じだ。運転手の言葉通り、園までは二十分弱で着いた。金を払って先に出た秀一郎は、トランクから手荷物を引っ張り出している。久瑠美は降りる間際、運転手に「すみません。なんか失礼なこと」と謝った。

「いいぇ」

運転手は人の好さそうな笑顔で頷くと、「東京の人からしたら、ここは仰る通り田舎ですけんね」と答えた。それはそうなんだけど、やっぱり、なんかイヤだ。久瑠美はもう一度運転手に謝ると、タクシーを降りた。秀一郎を伴って事務所に入ると、がらんとした中に弥生と美月がデスクワークをしているのが見えた。

(見え見えだって……)

二人には事前に秀一郎が来ることは伝えてあった。だから、興味津々で待ち構えていたに違いない。

「先輩の弥生さんと同期の美月ちゃん」

久瑠美が秀一郎に紹介すると、弥生はさっぱりした笑顔で、美月は男を惑わすはにかむような微笑で挨拶した。

「初めまして、岩嵜です。久瑠美がお世話になっています」

よく通る声で秀一郎が言うと、「お世話……」と言ったまま弥生が絶句した。

「どうしたんです？」

久瑠美が尋ねる。弥生はちらちらと秀一郎の方を見ながら、

「だってまだ付き合ってる段階でしょう……。なのにこんなちゃんとした挨拶をするんだなぁって」

感心した様子の弥生に、秀一郎は紙袋を差し出した。

「これをどうぞ。大したものじゃないんですが」

「私に？」

「はい、と言いたいんですが、皆さんで食べてください」

「そうですよね。イヤだ私、がっついたみたいで」

弥生は苦笑いしながら、紙袋を受け取った。

「ご丁寧にありがとうございます。後ほど、事務所のみんなでいただきます」

秀一郎は笑顔を浮かべて頷いた。秀一郎が園のパンフレットを見つけて中を開くのを見て、すかさず「これ、使ってください」と美月が空いた椅子を差し出した。弥生は冷

蔵庫から麦茶を取り出している。久瑠美はそれを横目で見つつ、秀一郎の荷物を自分の机の周りに置いた。

「小塚さんは？」

「さっきペンキの缶を持ち出してたわよ」と弥生が答えた。

「天気が良いから、柵を塗り直してるんだと思う」

まだ、色剝げした箇所は園のあちこちに点在している。雨が降る前になるべく多くの場所にペンキを塗ろうと、小塚は一人で頑張って働いているのだ。そんな時、彼氏のために有休を取ったのは、なんだか申し訳ない気持ちがした。

秀一郎が麦茶を飲み終わるのを待ってから、園の散策に出かけた。事務所を出て、左手に正面ゲートを眺めつつ、そのまま西ゲートの方へと歩いていく。アスファルトはジリジリと焼け、照り返しで目がきちんと開けていられないほどだ。やっぱり、園の散策は夕方からにするべきだったかなと思っていると、「あの子、可愛いね」と秀一郎が言った。

「どっち？」

わかってはいたが、あえて尋ねる。

「椅子を出してくれた子」

当然、美月だ。弥生も顔立ちは綺麗なのだが、なんせ身だしなみに気を使わなさすぎる。でも、そこが弥生らしいのだが、男はその辺りがまるでわからない。

「美月ちゃんね」

「美月っていうのか。へぇと思った」

「何、へぇって」

「田舎にもあんな子いるんだなって」

また「田舎」だ。さっきまでは我慢していたけど、ダメだ。やっぱり気になる。

「あのさ、田舎、田舎って何？」

久瑠美は立ち止まって秀一郎を見上げた。

「何って」

秀一郎が不思議そうな顔をして久瑠美を見つめる。

「田舎のこと、バカにしてんの？」

「はぁ」

秀一郎は一度間を置くと、「だってここ、田舎だろ」と言った。まるで当然のように。

（そうか、この人、悪気はないんだ……）

秀一郎の目を見て思った。秀一郎はただ、東京と比べてありのままの感想を漏らしているだけなのだ。だったらどうして自分は一々ひっかかるんだろう。それがよくわからない。

「さっきからなに怒ってんだよ」

「別に怒ってなんかないよ」

久瑠美はそう言うと再び歩き出した。

「あそこがお祭り広場で、その奥がイベントホール」

歩きながら施設を紹介する。秀一郎の手にはさっき見ていた園のパンフレットが握られていたが、開こうとはしなかった。やがて目の前に巨大なブロントサウルスが現れる。

「これ、恐竜コースター。昔、ウルトラマンのロケでも使われたんだって。これが怪獣になって動き出すっていう話だったらしいよ」

だが、秀一郎は「ふーん」と言っただけだ。

「あんまし興味ない？」

「いや、そうじゃなくてさ、人、少ないなぁと思って」

今日の入場者数を確かめたわけではないが、多分三百人を下回る程度だと思う。でも、ここでは普通だ。驚きはない。

「平日だしね」

「平日でも少な過ぎだろう」

「それでもGWは凄かったんだから。人がいっぱいで、ここの通りだって歩けないくらい」

秀一郎は何も答えない。

「信じられなかったら、あとで動画見せてあげるから」

「いや、いいよ」

冷めた感じでそう言うと、そのまま先へと歩いていく。

（なによ……）

久瑠美はムッとしながら、後を追いかけた。

それから秀一郎はあまり口を開かなくなった。久瑠美の解説に時折頷く程度で、あちこちをただ眺めるだけ。そのうち、久瑠美も解説するのを止めた。西ゲートの前を通って、今度は北ゲートへと進路を取る。右手には大きな池が見えてくる。

「ほら、前話した池があれ」

「あぁ、爺さんを探して池に飛び込んだって話か」

今は太陽の光に照らされて水面がキラキラと輝いている。だが、あの時は夜だった。冷たい雨が降りしきる中、久瑠美は小塚とともにここに入ったのだ。まだ一月半前のことだが、遠い昔のような気もする。

「そんなの、社員のする仕事じゃないよ。なんで警察に頼まないいんだ」

あの時は久瑠美もそう思った。でも、小塚は「遊園地が体裁気にしなくなったらお終いなんだよ……」と言ったのだ。今ならその気持ち、少しはわかる。

「ここでは、やれるだけのことはみんなでやろうって感じなのよ」

秀一郎は何も言わなかった。ただ、僅かに眉をひそめただけだ。

「リフトで上に昇ってみる？」

「あぁ、そうだな」

あまり気乗りはしていなさそうだったが、久瑠美は強引に秀一郎の袖を摑んでリフト乗り場の方へと引っ張っていった。リフト係の磐田さんに挨拶すると、何も言わずにニヤリと笑われた。白線の手前に秀一郎と並んで立つ。磐田さんがリフトを誘導して、ちょうどいい具合のスピードに緩めてくれた。

「このリフトもさ、初めて園に来た時、社長と一緒に乗ったんだ」

そんな話をしたが、どこか秀一郎は上の空だった。それは展望台でも同じで、やっぱり会話は弾まなかった。

「ねぇ、どうしたの」

久瑠美が尋ねると、「ここはダメだな」と秀一郎が言った。

「ダメって？」

「これだけの敷地を有効に活用できていない」

「ギチギチで窮屈よりはマシだと思うけど」

「それに、まったく統一感がない。ジェットコースターと温泉場にあるような射的場なんかが一緒になってる」

「いろんなものがあるから面白いんじゃない」

「極めつけは客だ。客がいないんじゃ話にならない。経営者が無能なんだな」

「そんなことないよ。客がいないんじゃ話にならない。」

「それが結果に結びついてない」

「ねぇ、どうしてそんな酷いことばっかり言うわけ？」

「酷いことじゃない。現実を見ろよ。お前だってディズニーランドを知ってるだろう」

秀一郎もキャストをしていたからディズニーランドのことをよく知っている。

「ここはディズニーランドじゃないから……」

「そう。ディズニーランドのような要素が一つもない。つまり、遊園地として終わってるってことだ」

（終わってる……）

久瑠美は下唇を強く噛んだ。口を開けば、取り返しのつかないような強い言葉が溢れ出てくるような気がした。だから、間近まで足音が近づいてくるのも気づかずにいた。

「こんにちは」

男が挨拶をした。麦わら帽子につなぎの上下、首にはタオルを巻いて両手には白いペンキの缶を持っている。小塚だった。なんでここにと思った。今、一番会いたくないのが小塚だった。秀一郎は「誰？」といった感じで久瑠美の顔を見た。

「こちらは小塚さん。私の上司」

「どうも、企画課の小塚と申します」

秀一郎は小塚と久瑠美を交互に見て、「あぁ、噂の」と言って笑った。秀一郎にはこれまで散々小塚の愚痴を披露していた。だから、「噂の」と言ったのだろう。

「久瑠美がお世話になっています」

「こちらこそ」

小塚も笑って応えた。

「何をされてるんです？」

「色剝げしたベンチやら手すりやらをね、修復して回ってるんです」

「それは業者の仕事では……」

「ここでは金も人数も足りないんでね」

小塚の言葉に秀一郎は「そうなんですね」と同情するような顔を見せた。そして、「それは大変だ」と付け加えた。

「観覧車には乗ったのか？」

「いえ、まだ……」

久瑠美が答えると、小塚は秀一郎に「よかったら観覧車に乗ってみてください。観覧車は遊園地の母であり父ですから」と言った。

「ありがとうございます。でも、今日はちょっと」

「では、またの機会にでも」

「それはないかもしれません。久瑠美も来年には東京に戻ってきますから」

ふと小塚が首を傾げた。

「ちょっと！」

「あれ、このこと内緒なのか？　出向は一年の期限付きなんだろう」

小塚が久瑠美を見つめる。

「沼田さんからそう言われてるんです……」

「へぇ。沼田次長から……」

小塚は一度、二度頷くと、「なら、ぜひとも観覧車に乗ってもらわないとな」と言った。

だが、結局観覧車には乗らなかった。それどころか、久瑠美は秀一郎とほとんど話をしないまま、ゲートの前で別れた。秀一郎を乗せたタクシーが遠ざかっていくのを、久瑠美はぼんやりと眺めた。

（どうしてこうなったんだろう……）

そんなことを思いつつ。熊本市内にある美味しい馬刺し屋を予約していた。ホテルも予約していた。何より、今日のことを楽しみにしていた。なのに、すべてがキャンセルだ。もしかしたらこれで終わりになるかもしれない。そう思ったが、不思議と涙は出なかった。

第六章

連帯感

八月に入ると、園の入場者数はさらに上昇気流に乗った。事務所の壁に貼り出されたグラフには毎日の入場者数が記載され、多少の凸凹(でこぼこ)はあるものの、グラフの線は確実に右肩上がりになっている。この業界では【行き過ぎた猛暑は敬遠される】との通説があるのだが、ここまではそれを裏切るような結果が出ている。小塚はその理由をこんな風に分析した。

一つ目はプール。園には常設のプールなのだが、今年は「ウォータージャングル」と銘打って若干の仕掛けを工夫したのだ。高さ5mほどの象の模型がプールの敷地内から外の遊歩道へ、突然勢いよく水煙を撒(ま)き散らす。ただそれだけのものなのだが、これが意外に受けた。客の脳裏に先日の「エレファントショー」の記憶が残っていること。鼻の先からミストが噴き出て清涼感が増すことが相まって、プールの利用客はここ五年で最も多くなっている。

二つ目は遊園地課の浜崎達がほどこしたイルミネーションだ。久瑠美から見れば、ディズニーランドのチープな偽物としか思えないようなものだったが、夜の園内を照らす光はやはり美しい。特にライトアップされた園の中央にある緑のトンネルはロマンティックだ。緑のトンネルも常設で、長さ１０００ｍほどにわたって鉄骨がアーチ型に組まれており、そのアーチの上を藤や瓢箪、カボチャなどの植物が覆っている。でも、それだけではない。葉っぱの合間からちらほらと雪が降るのだ。浜崎はロボット工学を学んだ上園と一緒に送風機を改良し、削った氷を空から降らせた。一度、美月とトンネルを散歩したが、中はひんやりと涼しく、光と雪でことさらに居心地が良かった。久瑠美はそれだけで満足だったが、美月はトンネルの中に沢山のカップルがたむろしていることに気づき、間隔を開けてベンチを置くことを提案した。今ではいつ行ってもベンチにカップルが座って、真夏に降る雪を幸せそうに眺めている。

三つ目は久瑠美が立ち上げた例の落し物市だと小塚は言った。こちらも順調に人出を伸ばしつつあった。サイトを立ち上げた当初こそ反応もまばらだったのだが、持ち主がお礼のコメントを寄せた辺りから、問い合わせや訪れる人の数が増えるようになった。

実は最初のお礼のコメントはサクラだ。

「なんでも初めてのものは疑心暗鬼で見るものです。なので、呼び水をしようかと思います」

毎日サイトを覗いてもアクセス数が伸びないことに少々がっかりしていたので、久瑠美は上園の呼び水とやらに反対はしなかった。だが、大きな期待を寄せていなかったことも事実だ。すると……、

【小学生の頃に失くした水筒、まさか見つかるなんて思いもしませんでした】

【十年前にどこかに行ってしまった息子の帽子、大切に保管してくださってありがとうございました】

【サイト見た時、え、ウソと思ったけど。ほんとに俺の車の鍵だった。今はもうその車、手放したけど。でも、嬉しい。ありがとう】

本物のコメントの数は日増しに増えていき、中には成長した持ち主と一緒に撮った写真までが届くようにもなった。

「あー、なんか癒されるわぁ」

弥生の感想はここで働く社員全員の素直な気持ちでもあった。感謝の言葉は誰しもを「今日もいっちょやるか」という気持ちにさせてくれた。宮川社長からも「このサイトを見るのが日課になった」と伝えられた。だが、久瑠美は特別なことをしたとは思って

いない。自分のしたことこそ、呼び水に過ぎないと思っている。この状況を生み出したのは、園で働いている社員の、普段の心掛けがあったからこそなのだ。園の敷地に落ちているものは、ボタン一つ、レシート一枚、時には丸まった熱冷ましのシートまで拾得物とみなし、大切に保管してきた。そんな気遣いの賜物なのだ。

とはいえ、いい話ばかりではない。客が増えれば増えるほど、それに比例するように社員の疲労度は増していた。ただでさえこの暑さで体力が削られてしまうのに、八月の一ヵ月間は夜間営業で勤務時間が長い。早番遅番でローテーションを組んではいるものの、園に何かあればすぐに対応しなければならない。

迷子や怪我、病気は日常茶飯事で、何かあれば呼び出され、すべてに一人で対応している嘱託医の白沢先生は見る度にやつれて気の毒なほどだ。それに加えてこの時季は、薄着の女性を狙った痴漢や盗撮の被害が増える。暑さに頭がやられたのか、女装などの変な輩も出没するようになる。これはディズニーランドでも同じだったが、向こうはそれに対応するキャストの数が充実している。久瑠美達企画課も次に来る秋の催事を話し合わなければならないのだが、ここでは別チームを作る余裕などない。一人二役も四役もこなさなければならない社員達は、忙しさと睡眠不足で皆、ふらふらになっていた。猫の手も借りたいってのに……。思い出すのは同期の「デカ男」こと吉村豪太郎のことだ。宮川社長に退職願を出して以来、久瑠美は吉村の姿を見かけていない。まだ事務所のホワイトボードに名札が付いているところを見ると、辞めたという扱いにはなっていないと思う。小塚がヒーローショーを主催しているイベント会社の安田さんに紹介するみたいな話をしていたが、あれから何も言わない。結局それもなしになったのかもしれなかった。

東ゲートの場所がわからないという家族連れを案内して、ヒーローショーが行われているイベント会場の裏を通っていた時、「よぉ」と親しげに声をかけられた。てっきり裏方のアルバイトの若い衆だと思って声のした方を見ると、そこに「デカ男」が立っていた。頭にタオルを巻き、大きな角材を肩に載せている。

「あんた、何してんの！」

思わず大きな声が出た。

「何って……建て込みだけど」

吉村が当然のような顔をした。久瑠美は待っている家族連れに「このまま真っ直ぐ進んでもらえば、右手にゲートが見えてきます」と説明し、再び吉村と向き合った。

「で、どういうこと？　園、辞めたわけじゃないんでしょ」

「立場的にはね。今は安田さんのところで見習いということになってる」

「もう、戻らないつもり？」

吉村は肩から角材を地面に下ろすと、腕で頬の汗を拭った。

「園の人達には悪いと思ってる。でも、俺はやっぱりヒーローショーがやりたいんだ。だから今、毎日が楽しい」

吉村から声をかけてくるなんて今まで一度もなかった。それに、全身を汗で濡らし、いきいきした目で「毎日が楽しい」という吉村の姿には、これまで感じたことのない男らしさがあった。

「あらためて安田さんにお願いして、使ってもらおうと思ってる。どんな仕事でも構わないし、最初からお金なんかいらない」

「いらないって……」

「貯金崩してでも友達に借金してでも、僕はこの仕事に就きたいから。安田さんが認めてくれたら、すぐに園の方に行って謝るよ」

（人は本気になるとこうも変わるんだ……）

行方不明になり、警察に保護され、浜崎達にも散々迷惑をかけた吉村が、短期間で自分の意志をはっきりと口にするようになった。久瑠美は軽い驚きを覚えつつ、「そう」と答えた。まだ、「頑張って」なんて言う気にはなれない。でも、嫌な感じはしない。

「小塚さんなら奥にいるけど、呼ぶ？」

吉村が思い出したように言った。

「またやってんの？」

吉村が嬉しそうに頷いた。小塚はヒマさえあれば、ヒーローショーの手伝いにいく。そこで何をしているかというと、怪人や怪獣の造型だ。

「あの人の拘りは凄いよ。触角とか関節とか体色の表現とか。虫好きの趣味がパーフェクトに活かされてる。プロ以上に凄い技術だ」

またまた吉村が熱っぽく語り始めた。あんたに説明されなくてもわかってるから、こっちは。小塚の虫好きの拘りのせいで、一度はステージで失神したこともあるんだし。

久瑠美はカマキラーの異様にリアルな姿を思い出して、小さく身震いした。

「じゃあね」

久瑠美が事務所の方に歩き出すと、吉村が「いつか」と言った。その先は聞かなくてもわかる。お客さんが喜んでくれるヒーローショーを作りたい、だ。

(やってみれば)

久瑠美はそれ以上何も言わずにその場を離れた。不思議と顔がほころんできた。


夏催事期間、コンサートと一、二を争う最大の集客イベント、「TSW花火大会」の日がきた。九州一円の花火会社に声をかけ、十二社のうち、十社が参加を快諾してくれた。ローカルのテレビ局が頻繁にCMを流してくれたり、弥生が考えた【一万発の花火が遊園地を吹き飛ばす】という過激なキャッチコピーも受けて、当日は朝から場所取りの客が詰めかけた。夕方、久瑠美は小塚とともに展望台に昇り、次第に人で埋め尽くされていく園内を見つめた。東西南北のどの地点に客が集中しているかをつぶさに確かめ、各ポイントに散らばっている社員に無線で連絡する。園には正面、西、北、東の四つのゲートがある。花火大会が終わったあと、観客をどちら側のゲートに誘導すれば混乱が少ないか、最終の打ち合わせを行った。

「これでよし、と」

納得した顔で小塚は無線機を腰のフックに戻した。久瑠美は白いペンキで塗り直された手摺りに両手を添え、園内から沸き上がる熱気に身を委ねた。

「どれくらいの人がいるんでしょう」

「二万は超してるんじゃないか」

遊園地として終わってる、と言い放った秀一郎にも、この光景を見せてやりたかった。あれから秀一郎とは一度も話をしていない。何度か電話しようとはしたが、今話をしてもやっぱり同じように喧嘩になりそうな気がして、止めた。

「何、黄昏てる？」

「別に黄昏てなんていませんよ」

久瑠美はちょっとムキになって答えた。

「お前の彼氏、電博のCDなんだってな」

サラリと小塚が尋ねた。まるで「今日の昼ご飯、どうする？」というくらいの気軽さで。

「はい」

大方、美月か弥生が話をしたのだと思った。

「電博といや代理店の最大手だ。お前もいい奴見つけたな」

「そんなんじゃないです。知り合ったのはキャストしてた時で、向こうが先輩だったんです」

「なるほどな」

それからしばらく会話が途切れた。温かく湿った風が何度も久瑠美の髪を揺らしたが、久瑠美は髪を押さえようとはせず、黙って園内と、その向こうに広がる荒尾の街を眺めた。ふと、

「昔、電博に宣伝のお願いに行ったことがある」

と小塚が呟いた。

「そうなんですか?」

「笑って、相手にもされなかったけどな。仕方ねぇ。向こうはディズニーランドとユニバーサル・スタジオ・ジャパンの宣伝広告を一手に回してる代理店だ。電博に宣伝してもらえりゃウチも箔(はく)が付くなんて、嫌らしいこと考えた俺が甘かった……」

久瑠美は秀一郎があの時に見せた態度を思い返していた。

「すみません……」

「なんでお前が謝る?」

「私も同じだったから……」

小塚が久瑠美を見た。

「私も最初はここをバカにしてました……。ディズニーランドと比べてました……。だ

から、人のことをとやかく言えた立場じゃないんです……」

秀一郎のことも、吉村のことにしたってそうだ。本当は自分に批判する資格なんてない。自惚れて、逃げて、バカにして、なんとか自分を保とうとしてきた。浅ましい人間だと思う。

「ハハハ」

いきなり小塚が笑い出した。久瑠美はなんで小塚が笑うのかわからなくて、「おかしいですか……」と聞いた。

「そりゃ始めはそうだろう。ディズニーランドよりここが凄いとか言う奴がいたら、俺は信用しない」

「でも……」

「良さってもんはよ、自分で触ってみて、使ってみて、初めてわかるもんなんじゃねぇのか」

(自分で触ってみて、使ってみて、初めてわかるもの……)

最初からはわからない。段々と自分に馴染むことで、もしかすると馴染まされることで、溶け合っていくのかもしれない。久瑠美は横目で小塚の顔を見た。

「なんだよ……」

「今の、ちょっとだけ感心しました」

「ちょっとだけってのが引っかかる」

「しょうがないです。ちょっとだけなんだから」

本当は違う。でも、言葉にするとちょっとだけだ。久瑠美は小塚から目を逸らして夜空を見た。赤く染まった夕焼けはもうどこにもない。あるのは東京にはない澄んだ夜空だ。ここに花火が打ち上がる。特別、花火が好きだというわけではないが、遊園地で上がる花火は別だ。一瞬、辺りが昼間のように明るくなる。でも、その明るさは太陽とは違う。すべてを照らし出すのではなく、白く霞んだように浮かび上がらせる。とても幻想的な光景が現れ——消える。

「せっかく、ご褒美をやるかと思ってたんだが、止めた」

「なんです？」

「いいからついてこい」

小塚が展望台の出口に向かって歩き出す。

「ご褒美ってなんです！」

久瑠美は大声で尋ねたが、小塚はなにも答えてはくれなかった。

連れていかれた場所は花火の打ち上げ現場になっているゴルフ場だった。久瑠美は有無を言わせず頭巾を被せられた。肩から首まですっぽりと覆われた形、現物は見たことはないが、いわゆる防空頭巾というものだった。しかも、焦げ臭いのが気になる。

「ここで何するんです……」

嫌な予感がする。

「消火だ」

さも当然のように小塚が言った。

「去年も火花が落ちて、ゴルフ部からすげぇ苦情が来た」

そうならないように、火の粉を消して回るというのだ。

「心配すんな。火の粉が落ちてきたら、さっと駆け寄って水をかけりゃそれでいい」

（なに、簡単みたいに言ってくれてんのよ……）

不安もあったが、それより打ち上げ現場の真下で花火を見られるという好奇心が勝った。もしかすると、凄い特等席かもしれない。だが、打ち上げが始まったら、そんな期待は木端微塵（こっぱみじん）に打ち砕かれた。耳栓をしていても、つんざくような爆発音は耳の奥まで突き抜けてくる。落ちてくる火の粉はパラパラなんてものじゃなく、文字通り雨のようだ。

「波平、あっちだ！」

「芝に落ちたぞ！」

久瑠美はホースを片手に狂ったように走り回った。そして、芝生に落ちたり、松の枝に引っかかった火の粉が発火する前に水をかけた。本当に無我夢中で駆け通し、打ち上げが終わった直後には芝生の上に倒れ込んだ。心臓が破れるんじゃないかと思うくらい鼓動が速くて、息がうまくできない。何度も激しく咳（せ）き込んだ。小塚は久瑠美から汗をたっぷり吸って重くなった頭巾を剝ぎ取ると、首の後ろに冷たいものを押し当てた。ペットボトルだった。ヒヤリとして仰け反りそうになったが、「じっとしてろ」と言われ、そのまま身体の力を抜いた。時折吹き抜ける焦げ臭い風と冷たい感触が全身に行き渡り、ようやく鼓動が落ち着いてきた。久瑠美は上体を起こして芝生の上に胡坐をかくと、ペットボトルの中身を一気に飲んだ。「はぁ……」と大きな溜息が出た。

「去年は十四ヵ所で火事が出た。今年は——」

小塚は辺りを眺め回し、「今のところ大丈夫そうだな」といった。花火師達が道具を片付けるために照らす大型のライトが、辺りを浮かび上がらせている。小塚はその様子を満足そうに眺めた。

（あぁ、そうですか……）

会話する気も起こらない。それくらい精も根も尽き果てていた。ふと、自分の姿を見ると、黄色いジャンパーにもGパンにも無数の焦げ穴ができている。久瑠美は隣の小塚を見た。服はもちろん、顔は煤けて、髪もまつ毛も焦げている。

「お前の前髪もちょっと焦げたな」

「えっ！」

慌てて前髪を触ると、焦げてチリチリになった髪の毛が指先にくっついた。

「いい感じにウェーブがかかってる」

「小塚さん……」

「ん？」

久瑠美は芝生を毟り取り、投げつけた。

「なんだおい！」

女の前髪は「いい感じにウェーブがかかってる」なんて軽い言葉で済まされるようなものじゃない。

「ああっ、もう！」

どこにもぶつけられない怒りは、手短なところで発散するしかない。

「波平、どうどう」

暴れ馬をなだめるように小塚が両手を広げる。その仕草にまた無性に腹が立って、久瑠美は何度も芝生をちぎっては小塚目がけて投げつけた。

アイドル来園

いよいよ八月最後の週に入った。泣いても笑っても夏休みもここで終わり、来週から新学期がスタートする。園の狂乱もようやく落ち着きをみせるだろう。だが、事務所の男達は妙にソワソワしている。それもそのはず、ついに、というか、とうとう、あのスーパーアイドルグループがやって来るのだ。一週間くらい前から事務所の電話には、「本当に来るのか」というファンからの確認が相次ぐようになった。中には「私にだけホテルの場所を教えていただけませんか」というとんでもない要求もあった。それだけでも辟易しているのに、廊下の壁に貼られたポスターの前には男達が集い、やれ誰が推しメンだの誰が可愛いだのとアホ丸出しの会話が繰り広げられている。

（ふぅ……）

そんな様子を見ていたら、せっかく芽生えた連帯感も霞んでくるというものだ。落し物市の状況を確認してから事務所に戻ると、廊下に小塚の姿があった。食い入るようにポスターを見つめている。一瞬、からかおうかとも思ったが、あまりにも熱心に眺めている姿がちょっと恐ろしくなり、声をかけることなくそそくさと後ろを通り過ぎようとした。

「なんで避ける」

小塚がぼそりと言った。

「別に避けてなんかいませんよ」

（ほんとは避けてたけど……）

「忍び足だった」

「小塚さんも男なんだなぁって思っただけです」

「そりゃそうだろう」

小塚はこともなく返した。

「それはそうだけど……なんていうか、アイドルとかに興味ないのかと思ってました」

「ねぇよ」

「その割には随分熱心じゃないですか」

「まぁな」

なにが「まぁな」だっての。カッコつけないで認めればいいのに。ふいに小塚がイライラした素振りで頭を掻いた。

「ダメだ。全然顔と名前が一致しねぇ。お前、わかるか？」

「えーと、半分くらいなら……」

そう言って、わかる女の子達の名前を指さした。すると、小塚はなんだかホッとしたような表情を浮かべた。

「そんだけ知ってりゃ十分だ」

「何がです？」

「ただいまより、お前を担当者に任命する」

「ちょっと！」

小塚はスマホを取り出して廊下を歩いていく。

「ちょっと、小塚さん！」

立ち止まる気配すらない。

久瑠美は自分の間の悪さにげんなりした。いや……、もしかすると、案外小塚はこんなタイミングを狙っていたのかもしれない。小塚ならそれくらいのことはやりかねない。うん、きっとそうだ。

「小塚の奴……」

それも後の祭り。いや、祭りの最後が始まろうとしていた。


金曜日の夜。いつもなら閉園後、我先にと帰る社員達が事務所にたむろしている。みんな、今か今かとアイドルグループの到着を待っていた。園に隣接する系列ホテル、「ホテルロワイヤル熊本」への入りの時間は午後九時のはずだった。だが、すでに三十分が過ぎても到着の知らせはこない。その間、小塚が何度かマネージャーに電話をしたが、留守番電話に切り替わるだけで連絡がつかない。

「斥候からは？」

小塚の問いかけに、弥生が首を振りながら「まだ何も」と答えた。熊本空港方面から園までを結ぶ国道２０８号線沿いに、上園や美月達数人がアイドルグループを乗せたバスを確認するために配置されている。連絡がないということは、まだバスが通っていないということだった。刻々と時間が過ぎていくにつれ、事務所には重苦しい空気が広がった。

とうとう十一時になった。この夜、小塚は十数回目の電話をマネージャーにかけた。だが、結果は同じだった。蛍光灯の明かりに照らされた小塚の日焼けした顔は、いまや脂汗が浮いて光っている。小塚のこんなに厳しい顔を見るのは、行方不明のお爺さんを探した時以来かもしれない。

「小塚……」

宣伝課の伊藤が静かに呼びかけた。

「もしもの場合のことも、考えておいた方がいい」

伊藤が口にした「もしもの場合」とは誰もが思い、口にできずにいるドタキャンのことだ。小塚は黙ったまま何も言わない。伊藤は小塚から弥生に視線を移すと、「弥生」と呼びかけた。

「はい」

「お前のツテでお笑い芸人に声をかけられるか」

（ツテ？）

久瑠美は不思議に思ったが、今はそんなことを尋ねられるような雰囲気ではない。

「当たってみます」

弥生が机の上に置いてあるスマホに手を伸ばしかけた時、「そんなこと、しなくていい」と小塚が遮った。

「大丈夫だ。彼女達は必ず来る」

絞り出すような声だった。打ち合わせから段取りのすべてをやったのは小塚だ。グループのマネージャーとどんな会話をし、どんな契約をしたのか久瑠美は知らない。小塚の言葉を信じたいのはやまやまだが、相手が見えないだけに「そうですね」と素直に賛同することができないのが苦しい。

事務所の電話が鳴った。一度目のコールで久瑠美は受話器を取った。

「もしもし」

「上園です」

相変わらず、なんの緊迫感もないぼんやりした声がする。これでは待ち望んでいる吉報は期待できない気がする。

「どうかしましたか」

久瑠美が尋ねると、

「えーっと……今、コンビニに寄って買い物中です。あ、雑誌を手に持ってますね……」

一瞬、ポカンとなった。

「それって彼女達がってことですか？」

「えぇ」

至極当然という感じで上園が答えた。

「貸せ」

小塚が久瑠美の手から受話器を奪うと、「上園、来てるんだな！」と大声で聞いた。上園と会話するうちに小塚の顔から緊張が抜けていく。それを見て、久瑠美も弥生も、その場にいる全員が笑みを浮かべた。

「くれぐれも事故のないようにって伝えてくれ」

小塚はそう言うと電話を切った。

「ま、見ての通りだ。二時間半ばっかり遅刻だったが、売れっ子にしちゃ上出来だ」

独り言のように言うと、椅子にかけたジャンパーを外して事務所を出ていく。久瑠美は緊張から解き放たれた途端、猛烈に腹が立った。

「もう、なんなの！」

散々人に心配させておいて、悠長にコンビニで買い物とは……。

「さぁ、なんなのかねぇ。売れっ子の振る舞いは私にはさっぱり」

弥生が両手を広げて首を振った。それで思い出した。さっきのツテの話。

「あの、弥生さん――」

切り出しかけたが、「あんた、担当なんでしょう。お迎えに行かなくていいの？」と逆に聞かれ、久瑠美は慌てて事務所を飛び出した。

日付が変わりそうな頃になって、ようやくアイドルグループを乗せたバスがホテルに到着した。久瑠美はカーテンの引かれた薄暗いバスの中を見つめた。この中に売れっ子達が乗っている。

（だとしても時間くらい、守れって……）

澄ました顔で立ってはいたが、まだ怒りは収まってはいない。バスからスーツ姿の男が降りてきた。眼鏡をかけ、髪は横流し。細面で色白なところは、最近人気のチャラい俳優に似ている。

「到着が遅かったので心配しました。何度か電話したんですがね」

やんわりと小塚が嫌味を言うと、マネージャーは「ごめんごめん。充電が切れちゃってさ」と派手なカバーケースのスマホをかざした。それが嘘だということはすぐにわかる。だが、小塚は「そうですか」と笑って頷いた。

「でさぁ、お願いがあるんだけど」

「なんでしょう」

「幾つかさぁ、乗り物動かしてくんない」

「これからですか」

「そうそう」

マネージャーはさも当然という顔をした。

小塚は腕時計を見た。

「小塚ちゃんさぁ、わざわざこんな田舎まで来てやったのに、それくらいサービスしてくれても良いんじゃないの」

言い方は頼みごと風だが、これは完全に恫喝だ。久瑠美の怒りに新たな薪がくべられた。とうとう我慢できなくなって小塚の前に踏み出す。

「申し訳ありませんが、とっくに営業時間は過ぎております。乗り物を動かす担当者も既に家に帰っています。高齢の人も多いですから、明日の営業に備えて眠っている人も少なくないはずです」

「誰？」

チャラ男似のマネージャーが今初めて気づいたように久瑠美を見た。

「皆さんのお世話をさせていただきます、企画課の波平と申します」

久瑠美は名刺を差し出した。だが、マネージャーは自分の名刺を差し出すこともせず、久瑠美の名刺を見ることもなく、無造作にポケットに突っ込んだ。

（コイツ……）

「長距離の移動でみんな不機嫌なんだよね。明日、気持ち良く唄ってもらうためにもさ、ちょこっとでいいからさ」

チャラ男は久瑠美を無視して小塚に言った。

「ちょこっとって……」

さらに言葉を発しようとしたところを小塚に手で制された。

「それではチェックインして三十分後にロビーに来てください」

久瑠美は驚いて小塚を見た。

「園まではこの波平が案内しますので」

小塚の返事にマネージャーは「サンキュー」と機嫌良く答えた。ぞろぞろと女の子達がバスを降りてホテルへ入っていく。久瑠美はそちらに目もくれず、「どういうことですか」と小塚に詰め寄った。だが、小塚は無視してどこかに電話をかけ始め、「あとはよろしく」といって園の方に歩き去った。

「どうすんのよ……」

久瑠美の呟きはそのまま夜の闇に吸い込まれた。

三十分後、スエットやジャージに着替えたアイドル達を伴って、久瑠美は明かりの落ちた正面ゲートを潜った。怒りはどこかに消え、今はただ不安だけが広がっている。小塚が何をするつもりなのかはわからないが、遊具を動かせないのだけは確かだ。遊園地の社員は遊具を動かす技術も資格も持ち合わせていない。あくまでも園を統括するのが仕事だ。

「まだ歩かせるわけ？」

チャラ男のマネージャーがちょっとイラついた感じで尋ねてきた。

「すぐそこですから……」

久瑠美が答えると、「チッ」と舌打ちが聞こえた。今は舌打ちだが、この先これがどう変化していくのか考えるだけでも恐ろしい。

（小塚さん……、私、どうなっても知らないから……）

久瑠美は、明かりの落ちた園内を懐中電灯で照らしながら、小塚が電話で指定してきたメリーゴーランドへと向かった。

——その時だ。

「ようこそ、ＴＳＷへ！」

暗闇に小塚の声が響いた。声を合図にメリーゴーランドに明かりが灯る。女の子達は一斉に歓声を上げると、我先にと乗り物に駆け寄った。音楽が流れ出し、緩やかにメリーゴーランドが回転を始める。

（まさか、小塚さんが……）

そう思って運転室を見ると、そこにはメリーゴーランド担当の岡田のお爺ちゃんが、小さな専用の丸椅子にちょこんと座っている。

「なんで……」

岡田のお爺ちゃんがここにいるの？　呆然と突っ立って眺めていると、いつの間にか小塚が隣に立っていた。

「随分と楽しそうじゃねぇか」

久瑠美はまだ目の前の光景が信じられない。

「どうしてこんなこと……」

「やれたのかってか？」

久瑠美は頷いた。ディズニーランドでキャストをしていた頃ですら、こんな風に営業時間外に遊具を動かすことは一度もなかった。たとえどんなに頼まれようと、特例は認めない。そんな話を聞いたことがある。一度特例を認めてしまうと、決まりごとは形骸化し、悪い方へと進んでしまう。

「それより、見ろよ、あれ」

小塚が顎をしゃくった。メリーゴーランドに乗って女の子達がくるくると回る。みんな、テレビで見るよりも幼い感じだ。ノーメイクだからじゃない。服装のせいでもない。きっとこれが彼女達の素の笑顔なんだと思う。

「ディズニーランドと違ってここは田舎の遊園地だ。どんな無茶でも、やれと言われれば断れん。生き残るためにな」

「でも――」

「お前の言いたいことはわかってる。でもな、あの顔見てたらやってよかったたって。俺は思う……」

そう呟く小塚の横顔はほころび、とても幸せそうに見えた。

深夜をとうに回っている時間に、幾つもの乗り物が動いている。動かしているのは実際の遊具担当の人達だ。岡田のお爺ちゃんを始め、コーヒーカップ担当の砂田さん、ウェーブスインガーの金髪イケメンの春田くん、バルーンタワーのいかつい顔をした吉野さん。小塚は最後に彼女達を観覧車に案内した。虹色にライトアップされた観覧車が夜空に向かってそびえ立ち、彼女達の笑顔を優しく照らし出している。小塚が次々に彼女達をゴンドラに乗せていくと、リーダーの女の子にいきなり袖を引っ張られた。「あっ！」という情けない声を残して、小塚を乗せたゴンドラがどんどんと夜空に昇っていく。

「おお、アイドルと同乗とは羨ましかねぇ」

観覧車担当の清水さんがゴンドラを見上げながら言った。

「清水さん……。どうしてこんな時間に来てくれたんですか？」

「それは小塚ちゃんの頼みやけんよ」

何か小塚に弱味でも握られているのだろうか。それでは、他の人達も集まってくれた理由がわからない。清水さんはポケットから煙草を取り出し、久瑠美に見せた。本来なら煙草は喫煙場所に行って吸うことになっている。

「今は時間外だし、見なかったことにします」

久瑠美がそう言うと、「やっぱり小塚ちゃんの部下やね」そう言って、清水さんは嬉しそうに煙草に火を点けた。

「波平ちゃん」

「はい」

「ここに来て、半年くらいか」

「そうなります」

「なら、ここのこともいろいろわかってきたとは思うけど」

久瑠美は煙草をふかしながらゴンドラを見上げる清水さんの方に顔を向けた。

「わかってきたって？」

「企画課の人間ってのは遊園地の中でも出世コースなわけよ。今までは俺ら外部と付き合ってくれるもんはほとんどおらんかった。積極的に飲み会を開いたり、遠出したらお土産を買ってきてくれたり、そげなことをしてくれるのは小塚ちゃんだけたい」

初耳だった。

「小塚ちゃんの電話の声を聞いて、あぁこりゃほんとに困っとるってわかった。他に誰がくるかは知らんかったけど、とりあえず観覧車だけは動かしてやろうと思ってね。でも、さすがやね。まさかこんだけ大勢が集まるとは」

小塚は常々、縁の下の力持ちである彼らとコミュニケーションを取り、親交を温めてきたのだ。だから、いざという時こんな離れ業ができたのだ。久瑠美はふと、飲み会で小塚のことを尋ねた時のことを思い出した。あの時、弥生は小塚を【ザ・遊園地】だと評した。久瑠美はそれを聞いた時、ただ遊園地のことに詳しいのだろうと思っていた。人間の身体にたとえると、小塚は遊園地の頭だ。清水さんたちはそれぞれの臓器。でも、臓器はただ頭からの命令だけでは動かない。心臓が、ハートがそこにあってこそ動く。小塚は見えないところで、遊園地を盛り上げるためにいろんな準備をしていたのだ。

「あの娘達を観覧車に乗せたって言ったら、博多(はかた)に住んでる孫は驚くかな」

「うんと自慢してください」

久瑠美の言葉に清水さんは顔をくしゃくしゃにした。

翌日、事務所には朝から苦情の電話が殺到した。苦情の中身はどれも同じ。「真夜中に乗り物が動いている」ことだった。

「あれはお前が乗ったことにするからな」

小塚は久瑠美にそう言った。

「えーっ、なんでですか！」

「アイドルに迷惑はかけられんだろう。お客さんのためにそこを耐え忍ぶのも、遊園地で働く人間の務めだ」

判で押したような殺し文句が飛ぶ。

「始末書をよろしく」

小塚はそう言い残し、コンサート会場へと足早に去っていった。

せっかく、小塚のことを見直す気になったのだが、やっぱりヤメだ。窓越しに遠くから聞こえてくるヒットソングを耳にしつつ、久瑠美は一人事務所に残って始末書を書いた。

（いつか必ず報いは受けさせてやる……）

そう思いながら。

「波平くん、ちょっと」

ふいに名前を呼ばれた。声のトーンで誰だかはわかった。沼田次長だ。顔を上げると、廊下の方から沼田が手招きしているのが見えた。昨夜の件だということは容易に想像できた。久瑠美は椅子から立ち上がると、言い訳を考えながら沼田の方へと歩いていった。

「すみませんでした」

まず、先手を打って深々と頭を下げる。だが、沼田は何も言わない。不思議に思って恐る恐る顔を上げると、沼田は人がいないことを確かめるように辺りを見回していた。

「大事な話がある」

「大事な話……?」

「来週の水曜日、閉園したらここに来なさい」

久瑠美の手に何かを押しつけた。名刺だ。

「あの……」

「君の将来についての話だ。いいね、必ず一人で来るように」

沼田はそう言うと、何事もなかったような顔をして廊下を歩き去った。

第七章　パワハラ

　秋は駆け足でやってくるって誰が言ったんだろう。でも、ほんとにそうだ。あれほどまでに響いていたアブラゼミやクマゼミの声はぱったりと途絶え、今はツクツクボウシの声がひっそりとしか聞こえない。自分は虫が嫌いだし、別に蟬の声が何に変わろうと関係はないけれど、やっぱり夏が過ぎていく感じはどこか寂しい。久瑠美は路面に伸びる自分の長い影を眺めた。気が乗らない……。だから、余計そんなことを考えるのかもしれない。

「君の将来についての話だ」

　あの日、沼田から手渡されたのは店の名刺だった。荒尾市内から少し北寄りに向かったところにある商店街。福岡県大牟田市との県境にある場所だ。名刺の裏には簡単な地図が記載されていて、銀行が目印となっている。久瑠美はそこでタクシーを降り、一本裏側の路地へと歩いていった。考えてみれば、荒尾に引っ越してきて、ほとんど市内を歩いたことがない。商店街ももちろん初めて訪れる場所だ。少し寂れた感じに見える商店街にポツポツとネオンが灯っている。それがまた一層、寂しさを際立たせている。久瑠美は晴れない気分を無理やり抑えつけて、路地へと入っていった。

目的地の小料理屋は直ぐにわかった。約束の時間より五分前に、久瑠美は「みその」という店名のドアを開けた。女将に沼田の名前を告げると、「こちらへどうぞ」と奥へと案内される。なんとなく馴染みな感じが伝わってくる。きっと沼田はここへ足繁く通っているのだろう。四畳ほどの畳の上にちょこんとテーブルが載っており、簡単な仕切りがしてあるだけ。小上がりにはすでに沼田の姿があった。お通しに箸をつけた跡もある。少し前から来ていたのだろう。久瑠美は「すみません」と声をかけた。別に遅れたわけではないのだが、上司を待たせてしまったことに対しての社会人のたしなみとして。

「誰にも感づかれてはないね」

いきなりのひそひそ声。しかも、久瑠美の後ろに誰かいないかを気にしつつ。何か嫌な感じが這い上がってくる。

「多分……」

「多分じゃ困るよ」

「誰も知らないと思います」

久瑠美が靴を脱いで小上がりに上がるのを眺めながら、沼田は「ならいい」と独り言のように呟いた。思惑があれば別だが、上司と二人で会うなど気が乗る女子などいるわけがない。ただ、「将来についての話」と言われれば、無下に断るわけにもいかない。だから、とっとと必要な話だけを聞いて立ち去る腹づもりだ。沼田の正面に正座すると、注文を取りに来た女将に、沼田は「芋の水割り」と告げた。

「君は？」

久瑠美は即座に「ウーロン茶をください」と言った。

（この意味、わかりますよね？）

まさか、ヒヒ親爺みたいに迫ってくるということはないと思うが、念のために用心はしておく。

「将来のお話ってなんでしょうか」

乾杯を済ますと、久瑠美は自分から切り出した。沼田は一度持ち上げかけた箸を再び箸置きに戻すと、「私が前に君に言ったこと、覚えているね」と確認するように言った。

「もちろん覚えています……」

まだ園に来て日も浅い頃、沼田は「一年頑張れば、君をホームに帰す」と告げたのだ。そのことは手帳にも書いている。日付もわかる。久瑠美が頷くと、沼田はにっこりと微笑んだ。

「君は小塚のこと、どう思うかね」

「どうって……」

それが自分の将来とどんな関係があるのか。

「傲慢過ぎるとは思わんかね」

「そりゃまぁ……」

確かにそういうところは否めない。

「象のこと、それから勝手に東京からアイドルを呼んだり。夜中に遊具を動かしてみたり。それに、べらぼうな予算を組んで、なんちゃらマンの像を立てようとかな」

「夜中の遊具は——」

「君がやったんじゃないことはみんな知ってる」

ちょっとホッとした。

「あいつはなんでも私に黙って物事を進める。こんな勝手なことが許されると思うかね」

「私にはちょっと……」

「組織には秩序がある。それを守らんと、すべてがバラバラになる。君もあんな奴の下にいるんじゃ苦労するだろう」

そりゃあね。「苦労はします」

「は、とは?」

沼田が久瑠美を見つめたまま、微かに首を傾げる。

「最初はわからなかったんですけど、後から見るとちゃんと意味のあることをしてくれてるっていうか、大事なことを言葉じゃなくて態度で教えてくれたんだなぁって思うことはあります」

これも事実だ。すると、沼田の表情が硬くなった。笑ったりムッとしたり、沼田がこれほど表情豊かだったとは今まで気づかなかった。

「君は会社を否定するんだな」

ぼそりと言った。

「否定って……」

「小塚を認めるってことはそういうことになる」

意味がわからない。確かなのは、話がどんどん本題から逸れているということだ。

「私、そんなつもりは……」

沼田は久瑠美の言葉を遮るように、「ディズニーランドを知ってる人間なら、こんなところで働けるわけがないと踏んでいたんだが……」と続けた。

「はっきり言って園は我が社のお荷物だ。提携以来、ホテルロワイヤルグループの経営を圧迫し続けている」

ＴＳＷが赤字経営だということは久瑠美にだってわかる。そもそも、日本の遊園地で黒字なのは数えるほどしか存在しない。親会社がどういうつもりで提携したのか知るよしもないが、最初から赤字は覚悟の上だったはずだ。

「年間の総売り上げは十億にも満たない。多少実入りがよくなるのは、ＧＷと夏休みの期間だけ。それで一年を支えていると言ってもいい。君は園の一日当たりの運営費がどれくらいかかるか、知っているか」

人件費、電気代、ガソリン代、警備費やその他の諸経費を合わせたら、相当な額にはなると思う。

「これをペイしようと思ったら、一日当たりの入場者数は二百五十人必要になる。こんな田舎では不可能な数字だ。だから私は何度もコストカットのために休園の期間を設けようと提案した。しかし、連中は頑なに年中無休の方針を変えん。こっちは慈善事業でやってるんじゃない」

沼田はきっぱりと言った。興奮したのか、額にはうっすらと汗が浮かんでいる。遊園地の経営が慈善事業でないことは確かだ。でも、お客さんを喜ばせるための、沢山の気遣いがこの園にはある。ディズニーランドと違ってゲストの数もキャストの数も全然違う。そんな中、少ない人数で知恵を出し合い、補い合いながら、懸命にもてなそうと努力している。その姿勢はディズニーランドとなんら変わることはない。その証拠に、久瑠美は自分がわからなくなってきている。もっとここにいたいというはっきりした意志とは違う。でも、昔みたいに今すぐ、是が非でも東京に帰りたいという気持ちが薄くなっているのは確かだ。無我夢中で毎日を過ごしていて、気がつくと東京のことを忘れている。そんな感じなのだ。秀一郎には一年経ったら東京に帰ると伝えていた。それなのに、園で言い争いをして以降、連絡もしていない。秀一郎からも来ない。もう、二人の間は終わったのかもしれない。どこかで、それでも構わないという気持ちにすらなっている。

「以前、社長が……」

「宮川がどうした」

沼田は宮川社長のことを呼び捨てにした。その一言で、沼田が宮川をどんな風に見ているかが透けて見えた。

「社長はここを、オズの魔法使いが棲むような国にしたいっておっしゃいました」

「それはどんな場所なんだ？」

久瑠美にだってわかるわけない。いや……、少しだけわかりかけている気がする。でも、まだそれをはっきりと言葉で説明するのは難しい。

「とうの昔にラインから外れている宮川が、わけのわからん夢を唱えて支配してるのがＴＳＷという金食い虫の夢の国だ。そして、小塚が好き勝手できるのは、宮川がそうさせているからだ。今からそれを崩す」

崩すという言葉に沼田は力を込め、久瑠美を見た。

「小塚にセクハラされたと言え」

驚き過ぎて言葉も出なかった。呆然としている久瑠美に畳みかけるように、沼田はもう一度繰り返した。

「小塚にセクハラされたと言うんだ。それができなければ、ホームに戻る話はなしだ」

「お断り……します……」

声が震えた。それだけ答えるのが精一杯だった。

昨夜はあまり眠れなかった。ベッドに横たわったまま、何度もスマホを摑み、小塚の番号を出しては消した。沼田の話を小塚に伝えるべきかどうか、そもそも伝えてどうなるものなのか、久瑠美には判断がつかなかった。普段は滅多にしない寝酒を試してもみたが、睡魔は一向に迎えに来ず、幾ら飲んでも頭が冴える一方だった。ウトウトしたのは、外が明るくなってからである。

「どうしたの、ぼけっとして」

弥生が床に転がったボールペンを拾い上げた。事務所の机にたまった領収書を広げて精算をしていたら、いつの間にか手からすり抜けたようだった。弥生の手からボールペンを受け取りながら、「すみません……」と言って小さく笑う。

「変な顔だ」

言ったのは向かい側に座っている小塚だ。久瑠美はムッとして小塚を睨んだ。

「なんだ?」

「別に……」

久瑠美は椅子から立ち上がると、そのまま廊下へ出た。小塚の顔を見ていると、余計なことを口走ってしまいかねない。幸い、沼田は出張中だ。ボードに【東京　二泊三日】と書かれているから、しばらく顔を見ないですむ。トイレに行って顔を洗おうか、それとも外の空気を吸ってこようかと迷っていると、美月が足早に近づいてきた。

「どうしたの」

久瑠美が声をかけると、「これ」と、A4サイズの紙の束を見せた。

「なんかの企画書？」

「そう。CSのバラエティー。二回も断ったのにしつこくて」

「CSって……衛星放送のこと？」

「そう」

「ちょっといい？」

久瑠美は美月の手から企画書を受け取ると、タイトルを見た。〈九州一円　お仕事紀行〉と書かれている。久瑠美がページを捲(めく)りはじめると、「よくある九州の紹介番組だよ。タレントが来て、仕事を体験したりご飯食べたり温泉に浸かったりみたいな」と美月が横から解説する。

「なんで断ったの？」

別に断る理由なんてない気がする。

「CSだから？」

美月が首を振った。

「じゃあ、うちはチラッとした紹介のみで、メリットが少ないとか？」

「けっこう、紹介時間は取ってあるみたい」

「じゃあなんで？」

これはチャンスだ。ＣＳとはいえ、全国放送だ。契約者の半数でも観てくれれば、それは間違いなく集客にも繋がる。それに、沼田は赤字を理由に園の現在の宮川体制を崩そうとしている。赤字を少しでも減らすことが、沼田の、ひいては親会社の意向を鈍らせることにもなる。

「私もどうしてかよく知らないんだけど……」

美月はそこで一度言葉を切った。

「沼田次長がダメなんだって」

やっぱりそうか。

「これ、ちょっと貸して」

久瑠美は美月から企画書を受け取ると、急いで室内に引き返した。自分の机に戻ると、小塚が雑誌から顔を上げた。何か言いかけて、久瑠美が手にしているのが企画書だとわかった瞬間、「おやっ」という顔をした。

「これ、やりましょう」

「無理だ」

再び雑誌に視線を戻す。久瑠美はその雑誌を強引に奪い取った。

「なんだお前？」

「やりましょうよ」

いつにない久瑠美の剣幕に小塚だけでなく、弥生や上園もびっくりしてこちらを向いた。

「どうしたの？」

弥生が立ち上がって近づいてくるのを見て、小塚が「こいつがなんかいきなり喚いてんだよ」と煩そうに言った。

「喚いてなんかいませんよ」

「喚いてるだろうが」

「あー、はいはい」

弥生がいつものように間に割って入る。その時、久瑠美の掴んでいる企画書に気づいた。

「あぁこれ、例の企画ね」

そして小塚を見て言う。

「ダメじゃない、久瑠美にもちゃんと説明しとくって言ってたくせに」

「いろいろ忙しかったんだよ」

「理由は知ってます」

「だったら――」

「沼田さんがなんと言おうと受けるべきです」

「俺も沼田は嫌いだけどさ、ここの仕事、何度か受けたことがあんだよ。でも、注文が多い割にはカットされてばっかりで、大した見返りもねぇわけだ。それに、お化けが出るって噂を立てられて、えらい迷惑したんだよな。それに今度のジェットコースター点検っていうのも――」

「この企画、受けるべきです」

小塚が不思議そうに久瑠美を見つめる。

「お前、熱でもあんのか」

「小塚さんがやらないんなら、私が責任をもって対応します」

番組ロケ

ＣＳ局の番組制作者がやってきた。久瑠美は小塚と二人、事務所の応接室で制作者と向かい合った。互いに名刺を交換し、「自分が今回の担当をさせていただきます」と名乗った。柳本(やなぎもと)という不精ひげを生やしたディレクターは、企画書を机の上に置いて簡単に趣旨を説明し、最後に企画を受けてくれたことに対して礼を述べた。一度断った仕事を自分に黙って引き受けたことに沼田は腹を立てていたが、小塚が先回りして宮川社長に状況を説明したことで、あからさまに叱責されるようなことはなかった。そこからロケの段取りの細かい打ち合わせを始める。企画書は頭に入っているから、先方の狙いはわかっている。お笑い芸人がジェットコースターの保守点検に付き合い、担当者の苦労を肌で知ったうえで、自らがそれに乗ってリポートする。そういう流れだ。保守点検は早朝なので、明日の朝六時に園に集合。今日は園内の雑観を撮るということに決まった。

「では早速、園内をご案内します」

久瑠美の言葉が合図となって、全員が椅子から立ち上がった。

翌朝、五時前に起きてシャワーを浴び、ちょっとだけ念入りに化粧をした。ビューラーでまつ毛をあげるなんていつもはしないが、もしかするとテレビに映る可能性もあるわけだし、遊園地の担当者の見栄えが悪いよりも良い方がいいに決まっていると思う。服もズボンではなくスカートを選んだ。園では見せる機会なんてほとんどないが、それなりに脚にも自信がある。姿見で自分の正面、横、後ろ姿を確認し、久瑠美は「上出来」と呟いた。言っておくが、これは自分が目立つためではない。すべては園の宣伝のためなのだ。

ゲートの脇から事務所の方へ歩いていくと、前を行く弥生の姿が目に入った。今回、撮影の対応に弥生は参加していない。なのに、どうしてこんなに早く出てきたのか、ちょっと不思議に思ったが、久瑠美は「弥生さん」と声をかけた。弥生が立ち止まってこちらを振り向くと、「あらぁ」と言いながら久瑠美を上から下まで眺める。

「あんたもやればできる子なんだね」

「ここでは、やる必要なんてないですから」

久瑠美の返事に弥生が声を出して笑った。久瑠美が事務所の鍵を開けると、先に部屋の中に入って弥生が電気のスイッチを点け、すべての窓を開けていく。

「私、こっちやっとくから、コーヒーの方お願い」

弥生に言われ、久瑠美はコーヒーメーカーのセットを始めつつ、「弥生さん、今日はなんでこんなに早く出てきたんです？」と尋ねた。

「ちょっとね」

弥生が悪戯っぽく笑う。

「ええ、なんですか？」

重ねて聞いたが、弥生は微笑むだけで答えてはくれなかった。コーヒーメーカーが湯気を立てはじめた時、外から車のエンジン音が聞こえた。久瑠美は事務所のドアを開け、弥生と一緒にスタッフを出迎えた。柳本が眠そうな目をこすりながら、「おはようございます」と挨拶をする。久瑠美が挨拶を返すと、「あれぇ、波平さん、昨日とちょっと様子が違いますね」と笑った。さすがマスコミ関係者だ、変化は敏感に察知する。

「そうですか？　一緒ですよ」

内心ニヤニヤしつつ、久瑠美はすました顔で答えた。

「早速ですが、タレントさんを紹介しますよ」

そう言って、スタッフが乗った車とは別の車のドアを柳本が軽くノックした。ドアが開いて二人の男が降りてくる。

「ご存じだとは思いますが、芸人の〈キテレツ〉さんです」

もちろんテレビでは観たことがある。人気実力ともにそこそこのお笑い芸人だ。二人とも背は高いが、より高い方がキテレツ輝、やや低い方がキテレツ晃。

「おはようさんでーす……」

キテレツの二人が虚ろな目で挨拶をした。するといきなり、顔を背けたくなるくらい強烈な酒の匂いがした。柳本もそうだ。きっと昨夜はどこかで深酒をしたんだろう。

「早朝ロケやのに二日酔い。二人とも全然変わらんな」

弥生だった。（なんで大阪弁？）と思う前に、キテレツの二人が目を見張った。

「小町やん！」

「ほんまや、小町や。え？　なんで？」

「なんで」って聞きたいのはこっちの方だ。久瑠美も柳本も他のスタッフも、いきなり盛り上がる芸人と弥生の方を呆然と眺めた。

「……弥生さん、小町って？」

「昔の芸名なの」

「えーっ！　弥生さんって芸人だったんですか……」

「そんな感じ。たいして売れてなかったけど」

いく。


(うっそー!)

マジで? もしかするとここに来て一番びっくりしたかもしれない。

「この二人とは養成所の同期。友達っていうか、戦友っていうか、まぁ、そんなの」

キテレツの二人は完全に睡魔のふっ飛んだ顔で、弥生と一緒に事務所の方へと歩いていく。

「それじゃあ、我々も」

柳本も機材を抱えたスタッフと一緒に事務所の方へ歩き出した。久瑠美は一人その場に立ち止まり、楽しそうに会話をしながら歩く弥生の姿を眺めた。これで合点がいった。アイドルグループが到着しないでやきもきしていた時、宣伝課の伊藤が弥生に向かって「お前のツテでお笑い芸人に声をかけられるか」と言った。そのことがずっと気になっていたのだ。

(そうなんだ……。弥生さんって芸人だったんだ……)

どうして辞めたのかはこの際、どうでもいい。今の弥生は心から園を盛り上げるために尽くしている。事務所に向かって歩き出そうとした時、目の前を黒いものが横切った。虫だ。久瑠美はハッとして頭を下げた。虫は素早い動きでUターンして、今度はさらに低く飛んできた。久瑠美がさらに頭を下げる。

「何やってんだ?」

いきなり小塚の声が聞こえた。

「虫が……」

「アキアカネか」

名前なんか知らない。虫だ。小塚が言うアキアカネがさらに高度を下げた。久瑠美は
「キャッ！」と声を上げて地面にしゃがみこんだ。

「写真、撮らないのか」

小塚の声にはあきらかにバカにしたような響きが混じっている。

「携帯持ってません！　いいからはやく追っ払ってください！」

小塚は行ったり来たりするアキアカネを眺めている。

「トンボはなんもしやしねぇ。こうやって小さな虫を捕る益虫だ。立派な奴だ。お前が
写真を送ってるサイトの管理人もきっとそう言う」

「益虫だろうとなんだろうと虫は虫です！」

相手が虫である限り、永遠に好きになることはない。

「じゃあそうしてろ」

小塚はそう言い残すと、事務所に向かってとっとと歩き出した。

「ちょっと！」

怖い。けど、このまま置いて行かれるのはもっと怖い。

（益虫、益虫、益虫……）

心の中で念仏のように唱えると、頭を下げたまま小走りに事務所の方へと駆け出した。

寝癖だらけだった髪を整え、軽くドーランを塗って身だしなみを整えたキテレツの二人は、さっきとは見違えるようになった。実際、眠気も二日酔いも覚め、気合いが入ったようにも見える。これもすべて弥生のおかげだ。久瑠美は弥生に感謝しつつ、スタッフとキテレツを伴ってジェットコースターへと向かった。園にはジェットコースターと呼ぶべきものが九つある。その内の二つは二歳児からでも乗れる小さなものだ。久瑠美は「この園で一番高く、一番怖いの」という柳本のリクエストに応えて、「メガトン」を選んだ。地上30m、最高速度70㎞。戦闘機のドッグファイトの動きをイメージして設計された、全長360mのレールの上を回転と錐(きり)もみで突っ走る。だがこの「メガトン」の最大の特徴は、なんと言っても最高傾斜角が85度というところだ。ほとんど真っ逆さまに落とされる感覚は何度乗っても生きた心地がしない。

「なんかヤバそうやなぁ」

青空にそびえ立つ七色の鉄骨を見上げながら、キテレツ輝が感想を漏らす。

「吐いたら撮り直しやで」

小塚と先回りして、「メガトン」の整備担当をしている飯田(いいだ)くん、田村(たむら)さんと打ち合わせしていた弥生がすかさず突っ込みを入れた。キテレツの二人が安全帯を取り付けられる様子をカメラが追う。なんやかやとコメントはするものの、二人の顔にも徐々に緊張が高まっていく。それを見ている久瑠美も顔が強張ってきた。

「あの」

ふいに柳本に声をかけられ、久瑠美はぎこちない動きで首をめぐらせた。

「どなたか園の方も一緒に昇ってはいただけませんか。昨日撮った画をホテルでプレビューしたんですけど、あんまり全景が良くなくてですね。ここ、高いでしょう。ここからだったら撮り直せるかなぁって」

確かに地上30ｍからなら、園の全景はおろか荒尾の街まで撮影が可能だろう。

「わかりました」

久瑠美は頷くと小塚を見た。

「なんだよ」

「小塚さん」

「断る」

はっきりした口調だ。

「私もこの高さはちょっと無理だなぁ」

「メガトン」を見上げながら弥生が呟く。

「それじゃあ」

柳本が再び久瑠美を見た。

「私は無理ですよ。こんな格好だし」

特別、高いところが怖いわけではないが、今日はいつものズボンではなくスカートだ。

しかもパンツは水玉でちょっと子供っぽいのを穿いている。

「お前が責任者だろ」

出た出た。ここで責任者論。

「そうですけど」

「けどじゃない」

「なら、責任者として命令することもできますよね」

久瑠美は一切耳を貸そうとしない小塚に切り返した。

「嫌がることを人に押しつけたりせんのが責任者だ」

「いつも私に押しつけてるくせに」

「そんなことしてねぇぞ」

「してるじゃないですか。パンティーの時だって、花火だって、アイドルグループの時だって」

「それはお前を育てるためにやったことだろうが」

「よくそんなこと言いますね！」

突然始まった久瑠美と小塚の言い合いを、スタッフもキテレツも興味深そうに眺めている。

「もしかして、小塚さん」

アイドルグループの話をした時、ふと思い起こしたことがある。彼女達に強引に観覧車に引きずりこまれた時、情けない叫び声を上げたこと……。

「なんだよ」

「高いとこ、怖いんですか?」

滑らかに動いていた小塚の口が一瞬固まった。

「早くしないと撮影の時間、なくなるよ」

自分の腕時計を指しながら、弥生が冷静に状況を伝える。確かにヤバい。予定よりも十分近く押している。これ以上、小塚と不毛な言い争いをしていると。確実にロケに支障をきたす。

「田村さん、安全帯をください」

久瑠美は腹を決めた。小塚は何も言わない。ただ、黙って田村が安全帯を取り付けているのを眺めているだけだ。

「ご心配なく。下からは撮りませんので」

(当たり前でしょ!)

久瑠美は柳本の本気か冗談かわからない言葉に、ムッとしたまま頷いた。

なんとかロケは無事に終了し、スタッフとキテレツは園を引き上げていった。あとは編集された映像のチェックとナレーション原稿のチェックをすれば、責任者としての仕事は終わる。久瑠美は事務所の机の上に両手を組み、その上に頬をのせた。なんだかとても疲れていた。今日はいつもより二時間近く早く起きていたし、その上タレントやスタッフの対応、そして「メガトン」に昇ったのだ。スカートが何度も風に煽られてバランスを崩しそうになり、そのたびに悲鳴を上げた。キテレツの二人にからかわれ、カメラも向けられた。きっと自分の顔は編集された映像の中に使われるはずだが、それはオンエア前に必ず外してやろう。

猛烈な睡魔が襲ってくる。ダメだ、まだ仕事中だし、眠るわけにはいかない。でも眠い。どうしようもなく……。久瑠美がゆっくりと瞼(まぶた)を閉じかけた時、「久瑠美ちゃん」と呼びかけられた。僅かに顔をずらして声のした方を見ると、美月が可愛らしく手招きしている。どうしてあんなに顔も仕草も可愛いんだろう。同性から見てもそう思うのだから、異性はそりゃたまったものではないだろう。まったく世の中不公平だ。

本当はこのまま眠りにつきたかったが、久瑠美は無理やり身体を起こすと美月の方へと近づいていった。

「なに？」

「ちょっと話があるんだけど」

美月が周りを気にしている。

「ぐるっと散歩しない？」

園内を、ということだ。なるほど、人に聞かれたくない話なわけね。他ならぬ可愛い美月のお願いだ。骨を折ってやるか。

「わかった」

久瑠美は重たい身体を引きずるようにして、美月と一緒に外へ出た。

ロケをしていた時とは打って変わって、園内には賑やかな音楽が流れ、乗り物の音が聞こえ、客のはしゃぐ笑い声が響いている。そんな中を風が吹き抜けていく。熱くもなく冷たくもない。それがなんとも言えず心地いい。歩くたびに眠気も疲れも身体の中から零れ落ちていく感じがする。

「あぁ、気持ちいい」

久瑠美は両手を高く上げ、思いっ切り伸びをした。そんな久瑠美の様子を美月が眺める。ちょっと困った顔で。久瑠美は「ごめん」と謝って、「話って何？」と尋ねた。

「私、遠回しに聞くの苦手だから、はっきり言うね」

なんだか妙に気にかかるフレーズだ。

「久瑠美ちゃんって小塚さんと付き合ってるの？」

声も出なかった。ここ最近、ほんとに何かと驚かされることが多い。「なんで……」と無理やり声を絞り出す。

「だって……、さっきテレビの人達が話をしてるのが聞こえたから。波平さんと上司の夫婦漫才も撮っときゃよかったって。上司って小塚さんのことでしょう」

昇る昇らないの言い合いをした時だ。何が夫婦漫才よ、私はあの時、本気で怒ってたんだから。

「久瑠美ちゃんって、彼氏いるよね」

「いるよ」

最近、全然連絡取ってないけど……。

「じゃあ、二股?」

「あのね……」

可愛い顔してこういうことは結構ズケズケと言ってくるんだな。美月の意外な一面を見た気がする。

「そろそろ落ち着いてきたし、今度はこっちの話をしていい?」

どうぞ、美月が片手を差し出す。

「付き合ってない」

きっぱりと告げる。

「ほんと?」

「ほんとにほんと。ていうか、ケンカしてたんですけど、あの時」

「でも、ケンカとは言ってなかったよ」

「どう見えたか知らないけど、私はほんとに怒ってたの。普通、高いところには男が昇るもんよ」

「高いとこ……?」

意味がわからず、美月が小首を傾げる。

「私があんな奴と付き合うなんて絶対ない。あり得ない。ないないない!」

全力の否定。ついつい声が大きくなって、何事かと、すれ違う客がこちらを見る。美

月は探るように久瑠美の顔を覗き込んでいたが、

「私さ、小塚さんって弥生さんと付き合ってると思ってたの。弥生さんだとちょっと無理っぽいじゃない。だから、どうしようかなぁって思ってたんだけど」

え、え、え、何？　ちょっと待って。久瑠美はまじまじと美月を見つめた。

「私、変なこと言ってる？」

「別に変なことは言ってないと思うけど……。じゃあ聞くね、美月ちゃんは小塚さんが好きなの？」

こちらもズバリ核心を突いた。美月はほんの数秒間黙っていたが、「わかる？」と言った。

わかるもなにも、今、自分で言ったじゃない。

「なんで？」

ほんとに「なんで？」だ。人が誰かを好きになる。その気持ちには敬意を表したい。でも、よりによって小塚なんて……。

「なんでって言われても……そうなっちゃったんだから仕方ないじゃない」

そりゃそうだ。それはわかる。でもね、ちょっと冷静になろうよ。

「同期のよしみとして言わせてもらうけど、絶対やめた方がいいよ。近くにいればわかるから。強引だし、勝手だし、嫌な仕事は全部他人に押し付けてくるしさ、用意周到だし、したたかだし、戦略家だし。それに多分、高所恐怖症だよ」

ここぞとばかり、小塚の悪口を連打した。美月は黙って聞いていたが、やがて苦笑いを浮かべると、「久瑠美ちゃん、よくそこまで言えるね」と呆れたように言った。

「これでもまだ全然抑えてるんですけど」

興奮し過ぎて鼻息が荒くなってるのは自分でもわかる。

「とにかく、あの人だけは止めた方がいい。美月ちゃん、確実に不幸になるから」

「不幸」に渾身の気合いを込めた。

「波平(なみへい)！」

久瑠美を呼ぶ声がしたのはその時だ。美月は顔を伏せ、久瑠美は飛び上がらんばかりに驚いた。そんな久瑠美に小塚が無線機を差し出す。

「園に出る時はこれ持って行けって言ってるだろうが」

不測の事態を避けるため、客に園の関係者だと知らせるため、園内に出る時はスタッフジャンパーと無線機の携行が義務となっている。久瑠美は小塚から無線機を受け取った。でも、なんでわざわざ小塚が持って来たんだろう。

「なんかありました……？」

トラブルが、だ。

「今夜、企画会議を開く」

「それだけ……」

「連絡が取れりゃ探さずに済んだ」

それはまぁそうだ。久瑠美は「すみません……」と謝った。

「八時スタートな。場所はいつもんとこだ」

小塚はそれだけ言うと、事務所の方へと去っていく。

「びっくりしたぁ……」

マジで驚いた。なんとタイミングのいい、いや――間の悪い奴なんだろう。

「それと」

小塚が立ち止まって振り向くから、久瑠美はまたしてもギクリとした。

「なんですか……」

「その歳で水玉とか、どうかと思うぞ」

ハッ。

(私のパンツ、見たんだ！)

「ひどーい！」

「むやみに大声を出すんじゃねぇ」

小塚が笑いながら悠々と立ち去っていく。その後ろ姿を睨みつけた。絶対、いつか仕返ししてやるから。

「仲いいよね、ほんとに」

ポツリと美月が呟いた。

第八章　夢の国の現実

ここからの景色は癒される。

久瑠美は展望台に設置されているベンチに座り、遠くに広がる有明海を眺めた。秋の乾いた風が髪を揺らす。空気が澄んでいるから、海はどこまでも遠く、限りなく青く見える。初めてこの場所に来て、宮川社長に「有明海だよ」と教えられた時には、なんの感慨も持てなかった。なのに今は、時間があるとこの景色を眺めにくる。自分の変わり様が自分でも可笑しくなる。髪型にも服装にも化粧にも、以前より格段に気を使わなくなった。存分に日焼けして、食べ物にも焼酎にも馴染んだ。相変わらず虫だけは苦手だが、東京に住んでいた頃よりも抵抗力は遥かに増した。だが、一番の変化は性格だと思う。これまではなるべく我慢をして波風を立てまいとするところがあった。でも、我慢の度合いが格段に下がった。思ったことは相手の目を見て、はっきりと伝える。いや、性格が変わったのではなく、これが元々の自分なのかもしれない。押さえつけていた蓋が外れた感じ。すべてはここに来たからだ。ずっとおざなりだった秀一郎との関係も、一つだけ進展があった。別れ話を切り出した秀一郎に、「冷却期間を置こうよ」と久瑠美が提案したのだ。久瑠美は今でも秀一郎のことを大切に思っている。その気持ちに嘘はなかった。電話では伝わらないもの。東京に帰った時、しっかりと向き合って話をする。それでダメなら仕方がない。久瑠美の提案を秀一郎も了承した。

ここにきて二十分以上が経つが、客は誰一人姿を見せていない。日頃からここはほとんど人が来る場所ではない。景色を眺めようとする人が、わざわざ遊園地に来るはずはないから。秋の催事期間は、九月の連休、いわゆるシルバーウィークや十月の体育の日、十一月の文化の日や勤労感謝の日の連休までを含む。催し物も春にやったエレファントショーや、夏の花火大会やアイドルのコンサートのような大々的なものはないから、平日は空いている日が多い。今はヒーローショーや久瑠美が立ち上げた落し物市が引き続き行われている程度だ。久瑠美は景色を独り占めしながら、缶ジュースを口に運んだ。心地良い風が吹き抜ける。

「幸せだぁ……」

独り言が漏れる。目を閉じるとこのままベンチで眠ってしまいそうだ。でもダメ。そんなことがバレたら、小塚にどやされる。久瑠美は離れがたいお尻をなんとかベンチから引き剝がすと、名残を惜しむように一度海に目を向け、階段の方へ足を踏み出した。

事務所に戻ると上園が「波平さん、ちょっと」と小声で呼びかけてきた。久瑠美は無線機を机の上に置いて、すぐに上園のいる机の方へと廻った。上園はノートパソコンを指さし、「これ」と言う。そこには見慣れた落し物市の読者掲示板が広げられている。

「また、来たんですか？」

「そうなんですが、今度はちょっと物騒なんですよ」

上園の表情はいつもと変わらないが、声のトーンがいつもより低くて、ちょっと深刻な状況を物語っている。多くの感謝が寄せられる掲示板の中に、ごくたまにではあるが、誹謗（ひぼう）や中傷をする書き込みがあった。それは世の中にあるどの掲示板でも見受けられるものだと思う。人の口に戸は立てられない。どんなに喜びが溢れていても、そこに必ず嫌な書き込みをする者はいる。落し物市の掲示板にも、「おや」と感じる書き込みが見つかるようになったのは、一ヵ月くらい前からだ。書き込み主は同じ。ハンドルネームＹｕｒａＹｕｒａ。最初は記号。ドクロマーク。それが一つずつ増え、やがてそこに短い文が付くようになった。【シアワセ　ナニ　ソレ】とか【イイオモイデ　ナンテ　ヒトツモ　ナイ】とかそんなもの。気になって小塚に相談したが、「ひがんでるだけだろ」と一笑された。

「何しろウチは、縁切りで有名らしいしな。この書き込み主も何かあったんだろ」

どこの遊園地でもそんな話は少なからずある。ディズニーランドだってそうだ。それ以来、ＹｕｒａＹｕｒａの書き込みは無視するようになった。ハンドルネームもきっと、この書き込み主の心情を表しているんだろう。でも、今日の書き込みは明らかにこれまでとは違う。

【モウ　ガマンデキナイ　エンヲ　バクハスル】

久瑠美の隣で上園が「どう思いますか」と尋ねた。久瑠美は「うーん」と唸ったまま、パソコン画面に顔を近づけ、手に顎を載せてカタカナだらけの文面を何度も読んだ。

「バクハ」とカタカナで書かれればピンとこないが、漢字に直すと途端に危険な感じが増す。

「まさかとは思うけど……」

万が一ということもあり得る。久瑠美は上園に文面を非表示にするよう伝えた。上園は慣れた手つきでキーボードを操作し、掲示板からＹｕｒａＹｕｒａの文面を消した。消してもデータとしては残っているので問題はない。それよりもこの文面を見たお客さんが不安がったり、そんな書き込みに便乗してくる輩が出てくる方がよっぽど大問題だ。

「ちょっと出てきます」

久瑠美は机に置いた無線機を再び摑んだ。

「小塚さんとこですか？」

上園に向かって軽く頷く。

「相談するなら早い方がいいから」

「そうですね。居場所、わかります？」

もちろんだ。

「いつものとこでしょ」

上園が「はい」と答えた。最近の小塚は、ヒマさえあればヒーローショーの手伝いをしている。イベント会社を営む安田とは気の置けない関係で、園を辞めた吉村も先月から契約社員として働きはじめた。もしかすると、吉村のことで無理を聞いてもらったことに対する、小塚なりの恩返しのつもりかもしれない。

（いや、それはないか……）

小塚が入り浸るのは趣味の延長だ。

「またなんか変な書き込みが来たら、すぐに知らせてください」

久瑠美は無線機を見せると、事務所のドアを開けた。すっと涼しい風が入ってくる。上園を見ると、もうパソコンの画面に顔を近づけて熱心に作業を始めている。久瑠美は静かにドアを開けて、外へ出ていった。


ゲートの隣にあるヒーローショーの会場まで来ると、派手な勇ましい音楽とともに子供達の歓声が聞こえてきた。「ガンバレー！」という、あれだ。この声を聞くといつも思い出す。新入社員の舞台挨拶。吉村が逃げ、美月が去り、結局一人残された久瑠美がヒーローと一緒に怪人と戦った。その時にもこの「ガンバレー！」が何度も響いていた。なんだかもう随分と昔のことのような気がする。そんなことを思いながらバックステージの方へ近づいていくと、鉄骨が組み上げられた袖で人が慌ただしく動いているのが見えた。ショーの最中は舞台袖から進行状況を眺めるので、こんな風に中と外を行き来はしないはずだ。しかも、みんなの顔がやけに真剣に見える。自然と早足になった。ちょうどその時、吉村が姿を現した。久瑠美は急いで駆け寄った。

「吉村くん」

吉村は驚いたようにこっちを見た。頭に巻いたタオルと全身の汗はいつも通り。でも、顔が蒼白だ。

「どうかした……」

「村尾さんが……」と声を詰まらせた。村尾とは安田の会社で一、二を争うヒーローの演者であり、しかも相当なイケメンでもある。子供を持つお母さん達の間にもファンが多い。

「村尾さんがどうしたの」

もう一度尋ねると、吉村は手に持ったタオルをかざした。白いタオルが一部、赤く染まっている。それが血だということはすぐにわかった。

「ゆっくりだ。静かに運べ」

小塚の声が聞こえた。久瑠美が吉村を置いてさらにバックステージの方へ近づくと、男達が木造の階段を降りてきた。彼らが支える戸板の上には血だらけの村尾が苦しそうに呻き声を上げている。小塚は村尾の側に貼り付いて、タオルで頭を押さえている。パッと見ただけで、大怪我だということがわかった。小塚がチラッと久瑠美を見た。それだけでピンときた。久瑠美は呆然としている吉村からタオルをひったくると、すぐに駆け寄った。小塚のタオルはもう血で膨れ上がり、用をなしてない。久瑠美は小塚からタオルを受け取り、吉村のタオルを手渡した。

「バイクでジャンプした時、勢い余って着地点をオーバーした。そのまま壁に激突だ」

小塚はタオルで傷口を押さえながら、早口で説明する。取り換えたタオルからポタポタと血が滴り落ちる。久瑠美は小塚の話を聞きながら、血の匂いにむせそうになるのを必死で我慢した。

「救急車を――」

声を絞り出す。

「もう呼んだ」

久瑠美は辺りを見回した。だが、救急車はどこにもいない。サイレンの音も回転灯の明かりも見えない。

（まさか）

久瑠美の心の声が聞こえたかのように、「このまま外まで運ぶ」と小塚が答えた。また、園の掟（おきて）だ。『何があっても緊急車両は入れない』。なぜならここは夢の国。悪いことは何も起こらない。たとえ起こったとしても、園の者がそれを包み隠して見せないようにする。それが鉄則。ショーはまだ続いている。今ここで救急車がサイレンを鳴らして走り込んできたら、観客は夢から覚めるだろう。そして一気に現実へと引き戻される。小塚はそれを頑なに守ろうとしている。「お前だってそうだろう」小塚の目がそう言っている。「うっ」と村尾が呻き声を上げた。血に濡れていない肌の部分は真っ青だ。一刻も早く処置しないと取り返しがつかなくなる。

「村尾さん、しっかりしてください」

久瑠美は村尾に声をかけ、小塚を見た。いや、睨んだという方が正解かもしれない。鉄則はわかる。守りたい気持ちもわかる。でも、今、目の前で起きていることも現実なんだ。

「小塚さん！」

小塚は久瑠美の呼びかけには答えず、「誰かブルーシートだ！」と指示した。弾かれたように吉村がバックステージの側に建てられたプレハブ小屋へと飛び込んだ。出演者の着替えや水分補給、小道具の応急修理はすべてこのプレハブ小屋で行われる。吉村がブルーシートを持って現れると、小塚が「上から被せろ」と命じた。客に見えないようにカモフラージュして、園の外、客の目の届かない場所へ連れていくつもりなのだ。おそらく救急車はそこにいる。

「小塚さん、ダメです！」

久瑠美は村尾をすっぽりとブルーシートで覆おうとする吉村の手を払った。

「ここに救急車を呼んでください！」

「邪魔すんな！」

恐ろしい目だった。小塚が一瞬、鬼のように見えた。久瑠美をその場に残し、ブルーシートにくるまれた村尾はそのまま園の外へと運び出されていった。誰にも気づかれずに。

事務所のドアを開けると、一斉に社員達がこっちを見た。久瑠美はその視線を嫌うように俯いた。

「村尾さんは？」

弥生が尋ねたが、久瑠美は何も言わず、自分の机に向かった。心の中が激しく波打っていた。目を開けていても血だらけの村尾の顔と、鬼のような小塚の目が頭の中を何度も過る。同時にショックだった……。小塚が自分にあんな恐ろしい目を向けるなんて。あれは自分の知っている小塚ではなかった。初めて見せる顔だった。沼田の依頼を断った時、久瑠美にはなんの迷いもなかった。美月が小塚の話をした時、どこかに優越感のようなものを感じていた。小塚のことはわかっている。良い面も悪い面も。そう思っていた。でも、それは違っていた。全部壊れた。幻だった。自分は本当の小塚を何も知らない。

「久瑠美、どうしたの……」

弥生が近づいてきて顔を寄せた。弥生の顔を見た途端、涙が溢れそうになって慌てて廊下へ飛び出した。後ろから「久瑠美」と呼ぶ声がしたが、そのまま事務所の外へ飛び出した。園の中で人目を避けることは無理だ。それに、派手な黄色のジャンパーを身に着けていると、いつ何時、客から声をかけられるかもわからない。今はきちんと笑えない。誰とも話をしたくなかった。

（結局、またここか……）

久瑠美は再び展望台を訪れると、誰もいないベンチに座った。午前中にいた時と同じように気持ち良い海風が吹いてくる。でも、その時に感じた心地良さは、今は欠片もなかった。だが、気持ちは少しだけ落ち着いた。落ち着いてくると、あの後のことが気になり始めた。小塚は多分、あのまま救急車に乗って病院に付いていっただろう。大怪我をした村尾は大丈夫なのだろうか。無線機があれば、弥生か美月にでも尋ねることができた。なのに、また持って出るのを忘れてしまった。これを知ったら、また小塚に怒鳴られると思った。これからどんな風に小塚と接していけばいいのだろう。わからない。なんだか急に自信がなくなった。これまでと同じように、思ったこと、考えたことをポンポンと言えなくなる気がする。そうなったら……きっとここでの生活は楽しくなくなる。

「もう……」

誰にともなく呟いた。

どれくらいそうしていたのかはわからない。いつの間にか海がオレンジ色に染まっているから、二時間以上経っているかもしれない。久瑠美はゆっくりとベンチから立ち上がると、階段の方へ歩き出した。結局、ここには誰も来なかった。客も園の社員も。階段を降りながらリフトの方を見たが、乗っている人はいない。秋の平日だし、客が少ないのはわかってはいるのだが、やけに寂しい感じがした。階段を降り切って路上に出ると、少し離れたところで掃き掃除をしている男の姿が目に入った。自分と同じ黄色いジャンパーを着ている。久瑠美には誰かすぐにわかった。久瑠美はあえて男とは反対側へと歩き出したが、「波平くん」と声をかけられて立ち止まった。久瑠美は一瞬迷ったが、この距離では聞こえない振りもできない。振り返りざま、ちょっと大袈裟に驚いた顔をして、「社長、お疲れ様です」と挨拶をした。

「私がやります」

久瑠美は宮川の元へ駆け寄ると、宮川の箒(ほうき)を摑んだ。

「これは私の楽しみなんだがな」

苦笑いしながら、宮川は箒から手を離した。久瑠美は小さく「すみません」と応え、すぐに路面に視線を落として掃き掃除を始めた。あまり話をしたくなかった。できればこのままどこかへ歩き去って欲しい。だが、久瑠美の想いに反して宮川は一歩半ほど後ろからゆっくりと付いてくる。

「君が来た時には桜が咲いていたなぁ」

懐かしそうに呟く。そう、久瑠美が来た時には桜の花が満開だった。でも今は木々の葉が色づき、枯れ葉となって落ちている。それくらい時間が経ったのだ。楽しいことばかりじゃなかったけど、夢中だった。毎日があっという間で、街へ遊びに行った記憶なんてほとんどない。日々同じメンバーと顔を合わせ、ああでもないこうでもないと言い合い、ジェットコースターの轟音やメリーゴーランドの音楽が身体に馴染み、観客の歓声で自然に笑顔になった。

「泣いてるのか……」

宮川に言われるまで、気がつかなかった。久瑠美は慌てて手の甲で涙を拭くと、「ゴミです……」と答えた。それから、なるべく宮川に顔を見られないように背を向けた。

「今日、ヒーローショーで事故があったのを、君は知ってるか」

よりによって一番したくない話だ。久瑠美は宮川の方を見ずに、「はい」と言った。

「村尾くんのことだが――」

（まさか……）

心臓がギュッと縮こまる。

「無事だそうだ」

「ほんとですか……」

久瑠美は宮川を見た。宮川はしばらく久瑠美の顔を見つめていたが、やがて「君もいたんだな」と確認するように言った。

「良かった……」

手から力が抜けて、するりと箒が滑り落ちた。

「一分一秒を争う感じだったんです……。なのに小塚さんは……」

「小塚がどうかしたのか」

「救急車を園に入れないって……」

声が震えた。宮川が腰を曲げて箒をゆっくりと拾い上げる。そして、久瑠美の背中を優しく押した。

そのまま久瑠美は宮川と一緒に園を歩いた。久瑠美は歩きながら気持ちが込み上げてきて、そのたびに何度も唇を噛んだ。宮川は一切話しかけてはこなかった。二人はただ黙って北ゲートの方に向かって歩き続けた。池の畔（ほとり）を大きく廻りながら、やがて園の一番の目抜き通りに出る。夕陽に照らされた乗り物には、親子が、カップルが、友達同士で遊ぶ人の姿があった。そして、遠くでヒーローショーに歓声を送る子供達の声が木霊（こだま）していた。

「もし、救急車が園の中に入っていたら、今頃、こんなのどかな光景はなかったろうな」

久瑠美に聞かせるでもなく、まるで独り言のように宮川が言った。

「社長は人の命よりも園の収益の方が大事と言われるんですか」

「そうじゃない」

宮川の声は穏やかだ。

「私はただ、ありのままを言ってるだけだ。ここは外の世界とは違う。夢の国だ。それは良いとか悪いとかじゃない。そういう場所なんだよ」

久瑠美は園を見つめた。人々の賑やかな声が響くのを聞いた。楽しそうに笑う顔を見つめた。それでも頷くことはできなかった……。


秋の閑散期を利用する形で、企画課では冬催事期間のイベントの打ち合わせが頻繁に行われている。冬は文字通りカウントダウンとお正月がある。特にカウントダウンはミレニアムの時期から一気にブームになって以来、各地の遊園地でも定着した感がある。ディズニーランドのカウントダウンも数千発の花火を打ち上げ、沢山の観客が見上げる夜空を華々しく彩るものだった。

「でもな、それだけじゃ他のところと同じだ」

小塚はここのところ熱心に企画書を作っている。カウントダウンには間に合わないが、来年の春の目玉企画として、長年温めてきた企画をいよいよ実現しようとしていた。それは身長40m、原寸大のウルトラマンを観覧車の隣に立てるという企画だった。ここに来てその企画が急激に現実味を帯びてきたのだ。

これまで問題だったのは、巨大なウルトラマンをどうやって立てるかということ。なんと言ってもウルトラマンは身長40m、オフィスビルだと十階、マンションだと十三階前後に相当する。それだけの大きなものを安全面を考慮しながら造るとなれば、木でもコンクリートでもとんでもなくお金がかかる。それにプラスして小塚は以前より「似ている」ことに強く拘っていた。安全を重視するあまり、ウルトラマンと似ても似つかないものにはしたくないと言い張っていた。これが、ここまで実現を遠ざけてきた大きな理由だった。だが、この問題を一挙に解決する集団が現れた。イギリスのバルーン会社、「バルーンマイスター」だ。どんな形状のバルーンでも飛ばしてしまうこの会社のことをたまたまテレビ番組が取り上げた。それを上園が観ていて、応用できるかもしれないと考えた。早速小塚に相談し、弥生が知り合いのテレビ局員からバルーン会社のメールアドレスを教えて貰った。ダメモトでメールを送ったところ、「可能である」との返事が舞い込んだ。しかも、これまでのどの見積もり額より費用は安かった。小塚がまとめた企画案は、これまでは役員会で反対意見が大勢をしめていたのだが、ついに宮川社長が「進めてみなさい」と言ったのだ。

「実現したら凄いと思わんか」

「ええ、まぁ……」

久瑠美は曖昧に頷いた。なるべく、小塚の顔を見ないようにして。小塚の自分への接し方に以前と変わったところはない。変わったのは自分の方だ。村尾の一件があって以来、どうにも自分の心が冷めてしまって熱が入らない。村尾といえば、頭部裂傷と肋骨四本、それに右足首の骨折という重症だった。にもかかわらず、ショーに復帰するためにリハビリを始めたという。見舞いにいった小塚の言を借りれば、「押さえつけてねぇと、今すぐ出てきかねない」のだそうだ。そういうことを楽しそうに喋る小塚のことがわからない。もしかすると村尾は死んでいたかもしれないのだ。そんなことにでもなっていたら、小塚はどう責任を取るつもりだったのだろう。遊園地の鉄則があるから救急車を園内に入れませんでした、そんなことで家族が、世間が果たして納得してくれるのだろうか。でも、宮川はそんな小塚の行動を否定しなかった。もちろん積極的に肯定もしなかったけど。

――ここは外の世界とは違う。夢の国だ。それは良いとか悪いとかじゃない。そういう場所なんだよ――

（そういう場所……）

久瑠美は遊園地で働くということがよくわからなくなった。これまではただ、客を楽しませるために、それだけを考えてきた。だが、それを支えるためには、無謀とも思えるようなことまでしなくてはならないのか。そうまでしなければ、夢の国を支えることはできないのか。だったら私は……。

今夜の飲み会は断った。生理がここ数年でもっとも重いということにして。宣伝課の主催で地元のテレビ局のディレクターやカメラマン、リポーターと親睦を深めるものであり、年に数回の特別な席だったが、今の自分じゃちょっと役に立ちそうにない。酔っ払うと変なことを口走ってしまいかねないと思った。こういう時は料理でもして気分を変えようかと、仕事帰りに近所のスーパーに立ち寄ったのだが、綺麗に並んだ食材を見ているうちに気持ちが萎(しぼ)んだ。結局、目についた惣菜(そうざい)を適当に買ってアパートに帰った。ビールを飲みながら惣菜を摘まみ、ぼんやりとテレビを眺めた。考えてみれば、しばらくバラエティー番組なんてほとんど観たことがなかった。でも、一向に笑えなかった。ガサガサの気持ちが増してきて、テレビを消した。途端、部屋の中が静まり返る。なんだか急に独りぼっちになった気がした。

「元気にしてる？」

実家に電話をしたら母が出た。

「してるってそれ、こっちのセリフなんですけど」

声が少しくぐもって聞こえる。

「ごめん、食事中だった？」

実家の夕食は一般家庭よりも遅いのを忘れていた。

「いいよ。もう終わりかけだから」

「パパは元気？」

「元気よ」

「愛美(えみ)は？」

「うん。元気」

「そう。良かった」

母親のさっぱりした話し振りは相変わらずだ。全然変わってない。そりゃそうよね。たかだか一年未満で変わるはずもないか。

「で、どうしたの？」

母親が尋ねた。

「別に。最近話してないなーと思っただけ」

ほんと。いつ以来話してないんだろう。思い出そうとしてもすぐには思い出せない。それくらい前だ。ずっと忙しくて、東京のことも実家のことも考える余裕がなかったから。いや、違う。夢中になってて忘れてしまっていたのだ。

「お正月は帰ってくるの」

「あぁ、お正月ね」

まったく帰るつもりはなかった。ちょっと前までは。

「帰ってきて欲しい？」

「そりゃね。全然顔見てないし」

「じゃあ、帰ろうかな」

そう言った途端、たまらなく東京に帰りたくなった。こんな気持ちは久し振りだ。その後、母親と他愛のない話をして電話を切った。涙が出た。こんなに自分に泣き癖があるなんてびっくりだ。泣きながら残りのビールを飲んだ。全然美味しくなかった。今頃、小塚達は芋焼酎を飲みながら盛り上がっているだろう。あのことさえなければ、久瑠美もそこに加わっていたはずだ。実家に電話することも、東京に帰りたいと思うこともなかった。

「もうイヤ……」

何がイヤなのか、自分でもわからない。遊園地で働くことがイヤなのか、ＴＳＷで働くことがイヤなのか、それとも小塚がイヤなのか。全部な気もするし、違う気もする。頭の中がめちゃくちゃだ。メイクも落とさず、歯も磨かず、そのままベッドに倒れ込んで毛布に顔をうずめた。女の子としては失格だ。でも、もう動きたくない。何もしたくない。考えたくない。

信念

知らないうちに寝落ちして、翌朝一時間も出社が遅れた。沼田に遅刻したことを詫び、席に着いた。沼田はあれ以来、なんの話もしてこない。久瑠美がいても、まるで石ころでも見るような目つきだ。こっちとしても会社のゴタゴタには関わり合いたくないから構わないけど。事務所の中に小塚と弥生の姿が見えない。多分、園内の見回りに出ているのだろう。小塚が戻ってきたら遅刻のことを謝らなければならない。沼田よりもそっちの方が何倍も気が重い。久瑠美は自分用のパソコンを立ち上げ、日課になっている落し物市の掲示板を開いた。落し物市を始めてもうすぐ四ヵ月になる。倉庫の中にうずたかく積まれていた落し物の数々もめっきりと減った。告知しているように、年内にはバザーを開くことになっている。収益の一部は施設の修繕費に当てられたり、アトラクションを増設するための担保金になることが決まっている。売れ残ったものはすべて処分され、倉庫の落し物は一度リセットされる。掲示板に書き込まれた感謝の言葉や写真を見ていると、塞いだ心がほんの少しだけ軽くなっていく。だが、その書き込みを見た途端、久瑠美の目が大きく見開かれた。そこには書き込みとともに、あり得ないものが映っていた。

【バクダン　ヲ　セットシタ。モウ　オシマイダ。サヨウナラ】

そんな一文とともに爆弾の写メが貼り付けてある。しまった。すっかりこのことを忘れてしまっていた。久瑠美は立ち上がると無線機の並んだ棚に駆け寄り、すぐに小塚を呼んだ。

「小塚さん、小塚さん！」

呼びかけるが……出ない。なんで？　自分には「一回で出ろ」とか言うくせに、なんで出ないのよ。

「小塚さん！」

もう一度呼びかけると、

「うるせぇな。聞こえてるよ」

面倒くさそうな声が無線機から流れた。

「遅刻の言い訳、考えたってか？」

「爆弾を仕掛けたってメールが……」

「お前それ、すげぇ言い訳だなぁ」

感心したように言う。

「違います！　園に爆弾を仕掛けたって投稿がきてるんです！」

「はぁ？」

さすがに小塚も驚いたようだ。あとに言葉が続かない。弥生が「どうしたの？」と尋ねる声が無線機越しに聞こえた。

「どうしましょう……」

「どうするって……。とにかく、すぐ戻る」

無線はそこで切れた。久瑠美は無線機を持ったままその場に立ち竦んだ。私のせいだ。

膝が自分のものではないくらい震えていた。


社長室に主だった面々が集まって、すぐに対応策が話し合われた。

「だいたいよ、なんでもっと早く知らせなかったんだ」

浜崎が真っ先に大声を出した。

「園を爆破するって書き込んだ時点で威力業務妨害なんだぞ」

浜崎が上園と久瑠美を見る。

「す、すみません……」

上園がおどおどと頭を下げる。久瑠美も続けて頭を下げた。でも、これは上園の責任じゃない。報告するのを忘れていた自分のせいだ。

「今、そんなことを言っても仕方ないだろう」

伊藤が静かに浜崎を制し、「それより誰か心当たりはないか？　多分、園や関係者に恨みを持ってる奴だぞ」

と一同を見渡した。

「ハンドルネームのＹｕｒａＹｕｒａにピンとは来ないか？」

伊藤がもう一度念を押すように言った。だが、その場にいるものは首を傾げたり顔を見合わせたりするだけで、発言は一切出なかった。もちろん、久瑠美にも心当たりはない。

「犯人の詮索は後回しでいい」

それまで腕を組んで天井を眺めていた小塚が言った。

「まずは園内を捜索して、危険物らしきものがあるかどうかを確認するこった」

「警察には？」

弥生が尋ねると、

「連絡するのはその後でいい。これまでもこういうことがなかったわけじゃねぇし、悪戯ってこともあるからな」

（でももし、悪戯じゃなかったら……）

久瑠美は小塚の発言に不安を覚えたが、それを口には出さなかった。言えばまた堂々巡りの議論になる。再び小塚からあんな目で睨まれたくはなかった。

「園はオープンしている。すでに客も入っている。遊具の方は担当者にまかせ、我々は園の隅々を確認してまわろう。わかっているだろうが、その際も決して客に不安を与えないよう、いつも通りで対応するように」

宮川の言葉で一同は一斉に社長室を後にした。

迷子になったお爺さんを捜索した時と同じように、危機対応のマニュアルに従って捜索班が組まれた。弥生は事務所に残って情報の統括、浜崎は正面ゲート、上園は東ゲート、美月は北ゲート、久瑠美は小塚とともに西ゲートを重点的に調べることになった。

無線機を掴んで事務所を出ようとした時、美月がパソコンの画面を見つめているのが目に入った。見ているのは上園が非表示にすると同時にリスト作成したＹｕｒａＹｕｒａの書き込みのファイルだ。

「美月ちゃん、なんか気になる？」

声をかけると、美月はちょっと驚いたような顔をして、「別に」と言った。そのまま素早く画面を消す。

「ヘンな人って多いよね。イヤんなる」

こちらに向けた笑顔がなんとなくぎこちなく感じた。

「私、行かなきゃ」

久瑠美の前から立ち去ろうとする美月を、一瞬、呼び止めようとした時、「波平、何やってんだ！」と小塚の怒鳴り声がした。

「今、行きます」

久瑠美は慌てて事務所を飛び出した。


西ゲート付近にはジェットコースターの他、子供の遊び場でもあるわんぱくエリアがある。ここには文字通り、小学校低学年以下の子供達が遊べるようなブランコやシーソー、ジャングルジムに砂場などがある。小塚と久瑠美は遊園地の鉄則通り、『走らず』、『笑顔』を振りまきながら、植え込みの中や点在するゴミ箱の中を調べて回った。

「俺だ。わんぱくエリア、捜索完了。異常なし」

小塚が無線機で弥生に報告を入れた後、「次はスプラッシュだな」と言った。スプラッシュは水面に向かって落ちるタイプのジェットコースターだ。今は冬場なので操業は停止中。爆弾を仕掛けるとしたら、間違いなく候補の一つだと思う。移動しながらも辺りに目を配りつつ、二人はスプラッシュを目指した。

「波平(なみへい)」

小塚が歩きながら切り出した。

「はい……」

「お前、なんか抱えてんのか？」

「なんですか……急に」

いきなりそう言われてうろたえた。

「沼田になんか言われたのか？」

びっくりして久瑠美は小塚の顔を見た。

「やっぱりな……」

何も答えない久瑠美を察するように小塚が呟いた。

（やっぱりって……）

小塚は何をどこまで知っているのだろうか。

「大方よ、ホテルに戻してやるから、園をつぶす手伝いをしろとかって言われたんだろう」

「知ってるんですか？」

小塚はただ頷いただけだ。確かにそうだ。そう言われた。でもそれだけじゃない。そのために小塚を、ひいては宮川を陥れろと沼田は言ったのだ。

「だから、爆弾のことも黙ってたのか？」

久瑠美が立ち止まって小塚を睨んだ。小塚も立ち止まって久瑠美の方を見た。

「私がそんなことするって思ってるんですか……」

「なんだよ急に」

「そんな風に思ってるんですか！」

次第に声が大きくなった。

「大声を出すな」

そう言いつつも小塚は顔を歪めて頭を掻いた。困った時にする仕草だ。

「俺はさ……」

久瑠美は小塚を睨みつけたままだ。小塚の言葉次第ではこのまま園を去ろう。本気で思っていた。

「お前はそんな奴じゃない。だから、どうして黙ってたのか、不思議なんだよ」

「伝えに行ったんです。そしたら、村尾さんの事故があって……」

「あの時か……」

小塚が思い出すような遠い目をした。そしてもう一度、「あん時な……」と呟いた。

まるで自分に向かって言うように。久瑠美は再び歩き出した。言いたいことはいろいろある。でも、今じゃない。小塚も同じ思いだったのだろう。再びスプラッシュに向かって歩き始めた。その時、無線機から上園の声が聞こえてきた。

「えっと……、小塚さん、見つけました」

小塚と久瑠美はハッと顔を見合わせた。

「見つけたんだな？」

「多分、これだと思います。バケツから配線が出てるんで」

配線が出てるとなると、もはや間違いはないだろう。

「場所は？」

「観覧車の側の女子トイレです」

「わかった。すぐ行く。ロープを張って客をトイレに近づけるな」

小塚は一気に指示すると無線を切った。上園がいるのは東ゲートの方だ。ここからは正反対の位置になる。二人は踵を返して歩き出した。もどかしいが、こんな最中でも園内を走ることはできない。園内スタッフが走り出せば、客は何事かと思ってしまう。悪いことは決して起こらない。なぜならここは夢の国なのだ。小塚は歩きながら弥生に連絡し、すぐに警察に通報するよう頼んだ。その顔はすでに厳しいものに変わっている。

「警察には伝えるんですね……」

精一杯の皮肉を言った。小塚はびっくりした顔で久瑠美を見ると「当たり前だろう」

と言った。

「救急車は拒んだのに……」

「今回もそうする」

「え？」

「パトカーのサイレンも消してもらう。服も着替えてもらう」

「冗談……ですよね」

「お前、俺が冗談嫌いなの、知ってるだろう」

（この人、本気だ……）

信じられない。爆弾が仕掛けられているのに、パトカーのサイレンを消し、制服まで脱いでもらうなんて。そんなのバカげてる。

「守んなきゃな……」

小塚が小さく、しかしはっきりと聞こえるような声で言った。小塚は本気で夢の国を守ろうとしている。久瑠美にはそれがはっきりと伝わった。良いとか悪いとかじゃない。ここは遊園地なのだ。だから、自分達は意地を通す。決して世界を壊したり、壊させたりしない。でも、これでいいのだろうか……。久瑠美には何も答えられなかった。

現場に到着すると、すでにトイレの周囲にはロープが張られていた。上園が久瑠美達を見つけて近づいてくる。表情に悲壮感はない。いつもの上園だ。爆弾といってもそんなに大したことないのかも。ふとそんなことを思った。

「こっちです」

上園が声をかけると、小塚は久瑠美に向かって「お前はここにいろ」と言った。

「お客さんが駆け込んでくるかもしれん。お前はここに残ってちゃんと見張っていてくれ」

とても優しい言い方だった。久瑠美は黙って頷いた。上園が小塚を先導してトイレに入っていく。久瑠美は二人から、園の方に視線を移した。閑散期と平日が重なっているため、幸い客足は多くない。今のところ、トイレを使おうとこっちに来る人の姿も見えない。五分ほどして小塚と上園がトイレから出てきた。上園の表情に変化はないが、小塚の顔は遠目に見てもあきらかに強張っているのがわかった。

「小塚さん、爆弾は……」

尋ねても小塚は黙ったままだ。必死で何かを考えている。やがて、「威力はどれくらいだと思う?」と上園に聞いた。

「正確には中を調べてみないとわかりません。ただ、あのバケツいっぱいに火薬が詰め込んであるとしたら、被害はかなりの広範囲になると思います」

「かなりの広範囲……」

だとすると、園のシンボルでもある観覧車までが影響を受けるかもしれない。

「それだけじゃないです」

「まだあんのか……」

「もし、バケツの中に釘みたいなものが仕込まれていたら、爆風でそれが飛び散ります」

さすがは工学部出身らしい上園の見立てだった。小塚は周囲を見渡した。被害が出そうな距離を測っていることは久瑠美にもすぐにわかった。それから小塚は腕時計を見た。

「タイマーはもう十五分を切ってますね」

上園が呟く。

「タイマーって……」

久瑠美がおそるおそる聞くと、「爆発までのタイムリミットです」と上園が応えた。テレビや映画などで目にする爆発までの作動時間。赤いデジタル表示が脳裏に浮かんだ。

「しゃあねぇな……」

小塚が呟いた。

「……何がですか？」

「いろいろだ」

小塚は自分の肩を揉んでいる。やがて、肩から手を離すと、「上園」と呼びかけた。

「はい」

「バケツ、抱えても爆発とかしねぇよな」

「それは大丈夫だと思います」

「少しくらいの振動もいけるよな」

「はい」

上園が頷く。

「スイッチは発火性と……。振動で破裂する仕掛けにはなってない……」

小塚の呟きに久瑠美は「なんでそんなことが……」と尋ねた。

「ヒーローショーの手伝いなんかしてるとな、特殊効果の知識もそれなりに身につく」

小塚が薄く笑った。久瑠美は小塚が何をしようとしているのかわかった。でもあえて、

「何する気ですか」と聞いた。

「だからさ、しゃあねぇだろう」

「止めてください！」

大声を出した。

「デカい声出すんじゃねぇよ」

だが、久瑠美は止まらなかった。

「無茶です！」

「無茶は承知だ。でも、観覧車は動いてる。十五分以内に客を避難させるのは無理だ。

それに、今警察が来たとしても、もう間に合わん」

だから、自分が爆弾を抱えてどこかに持っていく。小塚はそう決めたのだ。

「今なら持って外に出れば、なんとかなる」

園を守るために。それはそうかもしれない。でも、そうはならないかもしれない。何

より小塚が危ない。

「私……イヤです……」

「俺だってイヤだ」

小塚は微笑むと、ぽんぽんと久瑠美の頭を叩いた。

「でもよ、誰かがやんねぇとまずいだろう」

それはこの場合、俺だ。口に出さなくても小塚はそう言いたいのだ。

「トイレの周り、お客さんを近づけさせせんなよ」

そして、口笛を吹きながらトイレの方に入っていった。やがて、青いポリバケツを抱えて出てくると、ゆっくりと東ゲートの方に向かって歩き出した。久瑠美が近づこうとすると、小さく首を振った。一人でいい。目でそう合図をした。のんびり、ゆったりとバケツを抱えた小塚が歩いていく。行き交う客はそれが爆弾であるなど気づきもしない。ただ小塚の口笛だけが耳についた。なんて下手な口笛だ。掠れた音が風に乗っていつまでも耳に届いた。


その夜、いつもの焼肉屋に集まって慰労会が開かれた。表の主役は小塚、裏の主役は美月だった。バケツを抱えた小塚は東ゲートを抜け、駐車場の隣にある藪の中へと駆け込んだそうだ。だが、結局、爆弾が爆発することはなかった。荒尾警察署員と後から到着した熊本県警所属の機動隊爆弾処理班が爆弾を回収して調べたところ、ただのダミーだということがわかった。警察は爆弾に付着していた指紋からすぐに犯人を割り出し、スピード逮捕した。犯人には以前、万引きで捕まったという前科があった。驚いたのは、捕まった犯人が美月の元カレだったということだ。美月のことが忘れられず、想い出の詰まったTSWを爆破すると脅して振り向かせたかったと犯人は供述した。ハンドルネームのYuraYuraは美月が貧乏ゆすりを指摘したことから付けたらしい。なんとも呆気ないというか、お騒がせな幕切れだった。久瑠美は芋の水割りを作りながら、大いに自慢話を展開する小塚を横目で眺めた。強引で粗野で我がままで自分勝手な印象はまるで変わっていない。でも、何かがはっきりと変わった。遊園地で働くということ。それは、遊園地を誰よりも知っているからできるということではない。どんな状況に置かれても、遊園地を大切に考える、客のことを心の底から考えられる、そういうことなのだ。夢の国を本気で支えるには、こちらも本気の覚悟がないと成し遂げられない。そのことを言葉ではなく、態度で教えられた気がする。

「波平(なみへい)、おかわり」

空のグラスを掲げて小塚が呼んだ。

「今やってます！」

久瑠美はグラスの中に、いつも以上に芋焼酎を注ぎ込んだ。

「そんなに……？」

弥生が見つけて小さく驚く。

「いいんですよ。うるさいからさっさとダウンさせます」

弥生が笑う。

「あんたもやるようになったねぇ」

「ここに来て鍛えられましたから」

久瑠美は小塚にグラスを渡した。小塚は何も気づく様子なく、濃い芋の水割りをごくりと飲んだ。

（ざまぁみろ）

心の中で呟いた。もちろん、笑顔を浮かべながら。そして、ママのことを思った。

（ゴメン、ママ。やっぱりまだ帰れそうにないや……）

＊　＊　＊

目が覚めてもまだ夢の中にいるみたいだった。朝の七時。部屋に戻ってきたのが明け方の五時だ。ベッドに潜り込んだら二度と起きられないと思って、服を着たまま毛布にくるまり、ソファの上で目を閉じた。それから数秒しか経っていないように感じる。久瑠美は毛布にくるまったまま身体を起こした。部屋の中は寒い。吐く息が白い。それに、とてもお腹が空いていた。

昨夜のカウントダウンパーティーは実に盛大だった。沢山のお客さんが来てくれた。

夏の花火大会と同じようにゴルフ場で頭巾を被りながら、花火師や小塚達と一緒にカウントした。新年と同時に夜空に打ち上がる数千発の花火、その轟音を全身で受け止めながら、降り注ぐ火の粉を必死になって消して回ったのだ。そして、園を閉めた後には物凄い量のゴミが残されていた。

「これは俺達が一年間頑張ったって証のお年玉だ！」

ワケのわからない小塚の叫びが薄暗い園内に木霊した。でも、なんだか異様にテンションが上がって、久瑠美達は笑いながら、唄いながら、叫び声を上げながら、マイナス三度という気温の中、ひたすら清掃作業を続けたのだ。終わった頃にはすっかり身体が冷え切り、ずっと立ちっぱなしだったために足は棒のようになり、口を開く元気すらなくなっていた……。

久瑠美は鉛のように重くなった身体をひきずるようにして、電気ストーブのスイッチを入れた。オレンジ色の光が灯り、辺りがぼんやりと暖かくなっていく。見慣れた部屋、見慣れたテレビ、見慣れた散らかった床。なのに今日は元日なのだ。なんだか嘘みたいだけど。実家ではどんな風に年を越したのだろう。紅白を観ながら年越し蕎麦を食べたのだろうか。キッチンのテーブルの上にはお節が用意してあるのだろうか。結局、久瑠美は実家に帰らなかった。電話で帰れなくなったと伝えた時、母親が「パパが寂しがるわねぇ」と笑った。そして、「元気になったみたいね」と付け加えた。あの時は何も言わなかったが、久瑠美の様子がおかしいことに気づいていたのだろう。なんだかんだ言ってもやっぱり母親だ。敵わない。

軽くシャワーを浴びてトーストとサラダを食べ、アパートを出た。途端、久瑠美は「あっ」と声を上げた。外は一面、薄（うっす）らと雪に覆われていた。明け方、家に帰るまでは降っていなかった。この数時間の間に降りはじめたのだろう。今も小さな粉雪が空からはらはらと落ちてくる。久瑠美は手袋を取って手のひらで雪を受け止めた。掌に落ちた雪はすっと溶けて水になった。熊本にも雪が降るなんて知らなかった。微かな冷たさを感じながら、久瑠美は園に向かって歩き出した。途中、桜の木を見上げた。花びらも葉っぱもない桜の木、だけど枝には雪が積もってとても綺麗だった。ここに来た時には桜の花が咲いていた。夏にはゴキブリみたいに見える大きなアブラゼミが止まっていた。秋には色の変わった葉っぱが沢山落ちて、川面（かわも）を鮮やかに彩っていた。そして今は雪化粧だ。当たり前だけど季節は巡る。東京ではあまり感じることのない自然の変化を、久瑠美は毎朝眺めるこの桜の木に教えられた気がする。あと三ヵ月もすれば、この木は再び蕾（つぼみ）をつける。自分はその時、どんな気持ちで桜を見上げるのかな。そんなことを思いながら、雪に染まった並木道に真っさらな足跡を残し、歩いていった。

第九章　シェイプト・バルーン

一月も半ばを過ぎた頃、原寸大ウルトラマンの企画に宮川社長がとうとう、GOサインを出した。小塚の様子は見ていて滑稽だった。本当は大はしゃぎしたいくせに、冷静さを保とうと必死なのだ。「おめでとう」と言われるたび、「大したことねぇ」だの「騒ぐほどのもんじゃねぇ」だの、スカした態度を取った。

「もっと素直に喜んだらどうですか」

いつものように園内を見回っている時、久瑠美がそう切り出すと、小塚は「これくらいで浮かれてたまるか」と仏頂面で答える。懸命に自分を戒めようとしているのだ。それは久瑠美にだってわかる。

「缶コーヒーでも飲みませんか？　私、おごりますから」

目の前には自動販売機がある。財布を取り出そうとすると、小塚は「いい」と言って押し止めた。

「どうせ、いろいろ言いたいことがあんだろ」

　そりゃそうだ。でも、口では「別に」と答えた。小塚はふんと鼻を鳴らすと、そのまま自動販売機へ歩いていった。

「私、無糖で」

　久瑠美が声をかけると、わかってるとでも言いたげに小塚は軽く手を上げた。冬場の平日、ヒーローショーは行われていない。今は春の新作に向けて懸命に練習を重ねている。裏方として吉村も忙しく働いているはずだ。久瑠美と小塚は誰もいない観客席の上段に座って、温かい缶コーヒーを飲んだ。以前は缶コーヒーなんてオッサンの飲み物だと思っていたが、ここに来てすっかり慣れてしまった。今ではほぼ毎日、こうして飲んでいる。じんわりとした温かさを感じながら、久瑠美は舞台と観覧車の間のスペースに視線を向けた。あと半月もすれば、ここにウルトラマンが立つのだ。40mと言われても容易に想像はつかないが、観覧車の大きさと比較しながら上を見上げた。観覧車の横にしようと言い出したのは弥生だった。小塚は観覧車と比べるとウルトラマンが小さく見えるからダメだと反対したが、そこにしか頃合いのスペースがないことと、「観覧車の中からウルトラマンが間近に見えるって素敵じゃない」という弥生の意見に最後は押し切られた。もちろん久瑠美も賛成した。次第に迫り上がっていく観覧車のゴンドラから隣に立っているウルトラマンを眺めるのはワクワクしそうだ。ふと隣の小塚を見ると、缶コーヒーを持ったままぼんやりとしている。

「どうしたんです？」

「んー」

「小塚さんが喜んでくれないと、みんなも遠慮して、喜べないですよ」

小塚は黙ったままだ。何かを見ているようで見ていない。そんな感じで前を向いていた。

「夢だったんでしょう」

「まぁな」

「もうじき叶うんですよ」

「なぁに熱くなってんだよ」

小塚がこっちを向いて笑った。

「わかってるさ……。わかってるんだが、夢が現実になると、急に不安の方が大きくなったりしねぇか」

静かな声だった。社内のみんながはしゃいでる。凄いイベントになる、客が遠くから見に来る、と盛り上がっている。宣伝課の方ではすでに大々的なアピールのプランが実行に移されている。ヒーローショーの新作も、原寸大ウルトラマンを最大限に活用した内容になると言われている。

「それに、金も相当使うしな……」

ウルトラマンの設計費、バルーンの設計、製作費、燃料費に足場を組む作業費。それだけじゃない。イギリスから来るバルーン会社のスタッフの渡航費や滞在費などもある。諸経費を合わせると五千万は下らないだろう。

「ディズニーランドじゃ、はした金だろうけどよ」

「そんなことないですよ。それに、私はもうディズニーランドとここを比べたりしてませんから」

「そうか……」

「そうです」

小塚が再び笑顔を見せた。しかし、その笑顔も急速にしぼんでいく。

「大丈夫ですよ。小塚さん一人じゃないんだから」

「お前もいるしな」

（……え？）

今、なんて言ったの？　小塚は一気に缶コーヒーの残りを飲み干すと立ち上がった。

「まだまだやることは山積みだなぁ」

小塚は真っ直ぐに手を伸ばすと、指先を見つめた。目線の先には鉛色をした冬空が広がっているだけだが、小塚の目にはすっくと立ったウルトラマンが見えているのだろう。

「行こうか。ションベンがしてぇ」

ションベンって……。ほんとに下品。でも、飾らない。いつも小塚は本音で生きている。それだけは間違いない。久瑠美も立ち上がった。途端、ブルッと身体が震えた。

「なんだ、お前も我慢してたのか」

「違いますよ」

「今、震えたろう」

「武者震いです」

「嘘つけ」

「ほんとです！」

二人は言い合いをしながら事務所の方へ戻っていった。


一月二十一日、約束通り、イギリスのバルーンチームが熊本空港に降り立った。ロンドンのヒースロー空港を出発して成田へ。そこから熊本までの国内線に乗り換え、搭乗時間だけで約十四時間ほどの長旅だったという。やって来たのは社長のジョンさん、奥さんで秘書のドロシーさん、そして、助手であり職人でもあるヘンリーさん、トムさん、ベックさんの五人。全員、疲れも見せずに、そのままバルーンの製作を行うために園が借りた倉庫へと向かった。

ウルトラマンの形をしたバルーンはシェイプト・バルーンと呼ばれる手法で作られる。一般的に気球は丸い形をしているが、シェイプト、即ちこれを「変形」させ、あらゆる形を表現することができる。設計はすでに円谷プロの監修のもとで「バルーンマイスター」が行っていた。社長のジョンはパーフェクトなものになったと自信を覗かせている。この設計図をベースにナイロン製の球皮（エンベロープ）を揃え、丈夫なロードテープの骨組みに球皮を縫いつけていく。ただし、シェイプト・バルーンは複雑な形をしているために、中が二重、三重に仕切られ、その分だけ重量は重くなる。だが、今回のウルトラマンは空中に浮かすものではない。あくまでも地上に立つものだ。バーナーで熱した空気を送り込み、それを閉じ込めてしまえばあとは自然に立ち上がる。それを飛ばないように鉄骨で組んだ櫓に括りつければいいのだ。

「長年バルーンの仕事をやってるが、浮かさないバルーンを作るなんて初めてだ」

ジョンさんはそう言って豪快に笑った。

製作のバックアップ、及びメンテナンスを行うのは、佐賀の熱気球フェスティバルでも選手のサポートをしている田代さん達のチームがやってくれる。ジョンさんとは共通の友人も多いようで、二人は会った瞬間から意気投合して作業の打ち合わせに入った。いよいよ夢が現実のものとなる。この空間にはその熱気が満ちているのをはっきりと感じることができる。久瑠美は腕組みをしている小塚に何か声をかけようかと思ったが、子供のように瞳を輝かせて様子を見守っている姿を見て、何も言わずに微笑んだ。

作業が順調に進む中、小塚は倉庫に入り浸りになった。連日、作業着を着て、嬉々として雑用をこなしている。ジョンさんや田代さんに指示されて動く姿を見ていると、どちらが発注元かわからなくなるくらいだ。ウルトラマンはというと、球皮が徐々に揃いはじめ、倉庫の中に広げられている。色付けされた鮮やかな銀色と特徴的な赤いライン。さすがに日本を代表するキャラクターだけあってイメージは浸透している。色味の再現は完璧だと小塚も唸った。どの辺が完璧なのか久瑠美にはよくわからないけれど……。ウルトラマンはまだアジの開きのような具合だが、これが縫いつけられ、すっくと立ち上がる姿を久瑠美も早く見てみたいと思うようになった。ずっと一緒にいるから、小塚のワクワクが伝染したようだ。倉庫から園へと帰る時は自然に笑みが零れ、自分でも不思議なくらいだった。でも……。

いつものように出社し、朝礼を済ませ、それぞれが机に戻っている時、突然、沼田が久瑠美に呼びかけた。

「波平くん」

沼田とはあれ以来、ほとんど会話らしい会話をしていない。久瑠美は反射的に身体を強張らせた。

「はい……」

「異動が決まったよ。三月から東京勤務だ」

（え……）

声も出ないくらい驚いた。もう、その話は立ち消えになったと思い込んでいた。それに、今となってはホテルに戻りたいという気持ちも東京に帰りたいという思いも、すっかりどこかに消えてしまっていた。動揺する久瑠美に向かって沼田が笑みを浮かべたまま、さらに追い打ちをかけた。

「実に良かったじゃないか。一年でホームに帰りたいというのが君のかねてからの希望だったんだから」

その場にいる全員が久瑠美の方を見た。弥生も上園も美月も、そして小塚も。

「じゃあ、そういうことだから」

沼田は笑みを浮かべたまま、事務所を出ていった。久瑠美はしばらく沼田の後ろ姿を目で追ったが、やがて一同の方に視線を向けた。誰も何も声をかけようとはしない。机に向かってパソコンを開いたり、椅子にかけたジャンパーを取って袖を通したり、今日の日程を確認したりしている。

「……違うんです」

久瑠美は園の巡回に出ようと準備をしている弥生に声をかけた。

「何が？」

弥生の表情がどこか冷たく感じる。

「良かったじゃない。希望通りなんでしょ」

「これは沼田次長が勝手にやったことです」

「違うな」

誰かの声がした。

「本社の人事は、一人の人間が勝手に動かすことなんてできん」

伊藤がコーヒーメーカーからコーヒーを注ぎながら言った。そうかもしれない。そうかもしれないけど、これは絶対沼田が動いたに違いないのだ。久瑠美は小塚を見た。だが、小塚は目を合わせようとしない。

「小塚さん、今日……」

呼びかけると、

「上園、一緒に来い」

小塚は机の上から車のキーを摑んでドアの方に向かう。

「何してる、早く来い！」

「あ、はい！」

上園が慌てて小塚の後を追いかけた。社員全員が自分の仕事を始める。久瑠美は一人、取り残されたような気分でその場に立ち尽くした。

虫の縁

ここのところ、連日寒さが続いている。十数年振りの寒波が南下して、九州をすっぽりと覆っていると天気予報のキャスターが言っている。強い北風が吹きおろし、大量にではないが雪も断続的に降ったり止んだりしていた。遊園地の冬は客足が鈍る。誰でもこんな寒い日には暖かいところで過ごしたいだろう。そんな客足が寒波でますます遠のいていく。ジェットコースターもメリーゴーランドも観覧車も、骨組みに雪が積もり、よりいっそう冷たさを感じさせる。沼田が久瑠美の異動を伝えて以来、小塚はあまり久瑠美とは話をしなくなった。倉庫にも上園を連れていくようになった。ウルトラマン立像の進行を尋ねても「順調だ」としか言わない。お披露目は来月の、大安の日。一般公開の前にマスコミを集めて大々的に取り上げてもらうため、弥生や美月達宣伝課は日夜対応に追われている。久瑠美は自分の居場所がどんどんなくなっていくのを感じた。

その日の午後、久瑠美は一人で展望台へ昇った。薄らと雪が積もったベンチ。片手で雪をはらいのけて座った。海も山も灰色で見分けがつかなくなっている。まるで自分のようだと思った。あれから沼田のことをいろいろ考えた。伊藤は人事を一人の人間が勝手に動かすことなんてできないと言っていたが、沼田の笑みは何事かを含んでいた。確証はないけれど、何かをしたのは間違いないと思う。それにしてもだ。なぜ沼田は自分をホテルに戻すようなことをしたのだろう。沼田の狙いは小塚を、ひいては宮川社長を陥れることだったはずだ。吉村は園を辞めてしまったし、美月は宣伝課だ。小塚とは少し距離がある。直属の部下である久瑠美が園を離れることになれば、小塚と宮川を陥れる手助けを引き受けるような存在はいなくなる。

（もしかして、邪魔って思ったのかな……）

これ以上、小塚と久瑠美の距離が縮まると、久瑠美までが自分に牙を剝きかねない。沼田なら考えそうなことだ。

でも……。

元々は自分が蒔いた種だ。ここに来た時に、一日でも早く、一分一秒でも早く東京に帰りたいと願った。園をバカにしていたことが、今になって全部自分に跳ね返ってきているのだ。沼田はたまたまそれを利用したに過ぎない。

「バカは私だ……」

呟きが漏れた。狭い了見で浅はかだった自分。今更後悔してももう遅い。あと一ヵ月と少しで久瑠美は園から離れることになる。自分は社会人だ。子供じゃない。転勤は仕方がないってことくらいわかってる。でも、仲間だと思っていた人達とこんな風に離れるのは辛い。

「結局、ホテルからの出向って腰掛けなのよね」

トイレに入っている時に聞こえてきた誰かの声。それが自分のことだとすぐにわかった。違うと言いたかったけど、その場から動けなかった。以前はそうだったかもしれないが、今の自分はこの園とここで働く人達が大好きだ。偽りで付き合ってきたんじゃない。それだけは本当だ。わかって欲しい。……でも、それも今更だ。どんなに言葉を尽くしたとしても、戻りたいと願っていたことは取り消せない。あの子は腰掛けでここに来た。そう思われて、自分はここを出ていく。そう思うと辛い。ここに来た時に感じた疎外感より、何倍も、何十倍も辛い。

無線が鳴った。一瞬、小塚からかと思ったが、相手は美月だった。

「久瑠美ちゃん、今夜予定ある？」

あるわけない。フリーだ。春催事の打ち合わせにも呼ばれていない。もっとも春にはいなくなる人間を呼んでも仕方ないだろうけど。

「何も……」

「じゃあ、飲みに行こう。厳禁の私用無線、終わり」

美月は茶目っ気たっぷりに言うと、無線を切った。

その夜——。

美月と入ったお店は、こぢんまりとしたイタリアンレストランだった。店の中は薄暗く、真ん中には大きな四角いカウンターがある。奥には暖炉があって、じんわりと暖かい空気が漂っている。ほぼ七割方は若い女性客で埋まっていた。カウンターの壁際には予約席という小さな札が置かれている。美月は久瑠美を先導しながら、狭い隙間を縫うように進む。コートは壁際のハンガーにかけ、二人並んで背の高い椅子に腰掛けた。久瑠美はなんとか床に爪先が届いたが、美月はヒールの足をユラユラさせている。

「いいよね、背ぇ高くて」

「その場合、脚が長いって言って欲しい」

美月が笑う。なんか久し振りに冗談を言ったような気がして、久瑠美も「ふふっ」と声を出して笑った。黒っぽい服を着た若い料理人がその四角いカウンターの中で一心不乱に玉ねぎを刻んでいる。よく見ると壁際にはびっしりとウイスキーが並び、奥にはワインクーラーがある。

「荒尾にもこんな店があったんだね」

久瑠美は店の中を見回した。

「それ、嫌味？」

「違うよ」

ほんとに。そんなつもりはまったくない。

「あの人に教えてもらったの」

メニューを眺めながら美月が言った。

「あの人って……もしかして」

美月が頷いた。例の爆弾騒ぎを起こして逮捕された男のことだとすぐにピンときた。

「会いに行ったりとかしてるの？」

美月が苦笑する。

「まさか、行くわけないよ」

美月も何度か警察から取り調べを受けていた。男の性格や趣味などを聞かれたと話していた。

「あぁいう粘着質って大嫌い」

美月はいつもニコニコと笑って穏やかな風を装ってはいるが、こと男に対しては厳しい。好き嫌いがはっきりしているし、自分が好きになったら突進していく逞しさもある。久瑠美は時々、美月の恋愛話を聞かされながら、感心することが多かった。でも、恋の多さがこの前のような事件も引き起こしたりするのだが……。二人はマルゲリータピザとサラダを頼んだ。飲み物は赤ワインにした。グラスを合わせると「チン」と軽やかな音がする。カウンターの中の料理人がチラッとこっちを見て、ニッと笑った。それからしばらく他愛もない話をしたが、久瑠美はその間ずっと美月が飲みに誘った理由を考えていた。

「私になんか話したいことがあるんでしょう」

久瑠美から切り出すと、美月は残り少なくなったワインを自分でグラスに注ぎ、深くて赤い色をとろんとした目で眺めた。

「久瑠美ちゃんさ、私が前に小塚さんの話をした時、止めろって言ったよね」

言った。確かに。随分前のような気もする。

「ズルいよ」

「どういうこと？」

美月の言う意味がよくわからない。

「だから、そういうとこ」

久瑠美は紙ナプキンでそっと口元を押さえた。ピザのソースはほとんど付いていないと思うけど、何か間を作って考える時間が欲しかった。

「久瑠美ちゃんのこと嫌いじゃないし、きっとわかってないんだろうなぁって思ってたから、私、小塚さんにモーションかけるの控えてたんだよ」

「わかってないって……なんの話？」

「久瑠美ちゃんが小塚さんのこと、好きだってこと」

「えっ！」

大声が出た。カウンターに座っている他の客がこっちを見た。

「なんでそうなんの……」

「見てればわかるよ。ついでに言うと、小塚さんも久瑠美ちゃんのことが好きだよ」

ちょっとちょっとちょっと！　話が暴走してない？　なんでそうなるわけ？

「苦しくない？　今」

美月が顔を傾ける。

「そりゃ苦しいけど……。でもそれは小塚さんのこととは関係ないよ」

「あるよ。大あり」

「ないって」

「認めたら。いい加減」

大人の女のような口振りだった。ピザの脂で唇が光ってるのもそう思わせる一因かもしれない。

「そうしたら、私も弥生さんもすっきりするんだから」

「弥生さんも？」

「そう」

美月の言葉には迷いがない。

「なんで弥生さん？」

「決まってるでしょ」

久瑠美は心がどんどん押されていくのを感じた。グラスに残ったワインを一気に呷ったが、まったく酔いが回らない。久瑠美は思い切ってウイスキーのロックを注文した。これまでウイスキーを頼んだことなんて、数えるほどしかない。でも、今は強い酒の力を借りたかった。結局、この店で久瑠美は六杯のウイスキーを飲んだ。帰る頃には足元はふらふらで、美月が支えてくれないと歩けないくらいに酔っていた。美月がスマホを取り出してどこかに電話を始めた。タクシーを呼ぶのだろう。

「すぐ来るって。ちょっとそこで座って待ってよう」

美月に言われるまま、店の外に並べられた待合用の椅子に腰を下ろした。

「大丈夫、久瑠美ちゃん。水貰う？」

「いい……」

水よりもさっさとベッドで横になりたい気分だ。十分ほどして、店の前に車が停まった。黒いセダンだ。タクシーじゃない。運転席のドアが開き、誰かがこっちへ歩いてくる。

「帰るぞ」

小塚の声だった。久瑠美はゆっくりと顔を上げた。やっぱり小塚だ。

「なんで……」

「ほら、立て」

小塚が手を伸ばして、久瑠美の腕を摑んだ。

「やめてください！」

久瑠美はその手を振りほどいた。そして美月を睨んだ。

「なんでこんな人呼んだの……」

美月は答えない。

「人に当たるな。酔っ払い」

「酔ってませんし」

「誰が見てもしっかり酔ってる」

「だから？　どうだって言うんです？」

「別にどうも言ってない。酔ってる。事実を言ってるだけだ」

「何それ……」

「いいから、車に乗れ」

小塚がもう一度手を差し出す。久瑠美は再びその手を払った。

「イヤです」

誰があんたの世話になんかなるか。久瑠美は椅子から立ち上がると、歩き出した。自分でなんとか真っ直ぐ進もうとしても、面白いくらいに足がふらつく。おまけに気持ち悪くなってきた。建物の陰に走り込むと、思いっ切り吐いた。後ろの方で美月と小塚の話し声が聞こえる。何を話してるかまではわからないけど。まぁ、それどころじゃない。後から後から気持ち悪さが込み上げてくる。やがて、背中に温かみを感じた。男物の靴が見える。背中に添えられたのは手だ。大きな手が久瑠美の背中をゆっくりとさすりはじめる。久瑠美はその手を振り払おうとしたが、力なく空（くう）を切っただけ。小塚は黙って背中をさすり続けた。

——気がつくと、小塚におんぶされていた。猛烈な吐き気はだいぶ収まっていたが、頭の芯がぼーっとして痺（しび）れている。僅かに頭を上げると、小塚のシャツに付いた涎（よだれ）が糸を引いた。

（やば……）

だらんと垂れ下がった片手を戻して、気づかれないように指で涎を拭った。

「くすぐってぇぞ」

小塚が文句を言った。

「それに重い」

　悪かったわね……。

「歩きます……」

　小塚は無視して歩き続ける。

「どれくらい飲んだんだ？」

「量はそんなに……。でもウイスキーをロックで……」

「お前、ウイスキーなんて飲まねぇだろう」

「そうなんですけどね……」

　小塚は黙った。久瑠美も黙った。酔いが覚めはじめているのか、やたらと風が冷たくて久瑠美は頬を小塚の背中に押しつけた。じんわりと小塚の体温が伝わってくる。匂いもだ。そんなに嫌いな匂いじゃない。

「波平(なみへい)」

「なんですか……」

「お前があと一ヵ月くらいでいなくなるっていうのが、みんな信じられねぇんだよ」

「私だってそうですよ……」

「俺だってそうだ」

「え……」

「接し方を考えてるうちに、お前を追い込んでたみたいだな……。悪かったな」

「なんですか……」

「ん？」

「なんで急にそんなこと言うんですか……」

「なんでって……」

小塚が口籠る。

「もう歩けます」

久瑠美は小塚の背中から降りた。

「ゲロ吐いてみっともねぇとか、酔っ払ってサイテーだとか、いつもならそう言うでしょう。そう言えばいいじゃないですか」

「言ったらどうだってんだ」

「私がせいせいするんです！」

「こっちはしねぇんだよ！」

小塚と久瑠美は睨み合った。先に視線を外したのは久瑠美だ。暗い道を歩きはじめた。

「違う」

「何がですか」

「お前のアパートはこっちだ」

小塚が指をさす。久瑠美は街灯を頼りに周りを見回した。本当だ。アパートが向こうに見える。頭に来て反対側に歩こうとしていた。久瑠美はあらためて歩き出した。その時、後ろから小塚に抱き締められた。息が止まりそうになった。膝が震えているのは酔っ払ったせいじゃない。

「明日、遅刻したら承知せんぞ……」

小塚はそう言うと、久瑠美を包み込んだ両手を離した。そして、そのまま反対方向へと歩き出す。遠ざかる小塚の背中、涎をつけた小塚の背中、いい匂いがした小塚の背中が見えなくなっていく。久瑠美はいてもたってもいられずに、「虫！」と大声で叫んだ。虫は予想外の行動、威圧感、自分のタイミングで物事を決める。それは小塚も同じだ。

ふと、小塚が立ち止まって振り返った。

「言い忘れてたけどな、【虫天国】の管理人、俺だ」

（うそ……）

久瑠美は呆然と固まった。頭が上手く回転しない。状況がよく飲み込めない。

「結局よ、俺とお前は縁があったってことだ」

虫の取りもつ縁。いやいやいやいや、そんなのイヤだ。

「暖かくしてとっとと寝ろよ、アミーゴ」

小塚が踵を返して歩き出した。アミーゴ。【虫天国】の管理人が必ず使うフレーズ。間違いない。管理人は小塚だったのだ。

「虫も小塚さんも大っ嫌い！」

久瑠美の宣言に、小塚は振り向きもせず軽く片手をあげて応えた。あいつ、きっと笑ってる。久瑠美には小塚の笑みが透けて見えるようだった。

シェイプト・バルーン製のウルトラマンがついに完成した。縫い合わせの位置にズレはないか、どこかに空気漏れがないかを確かめるため、早速空気を入れて確認作業を行うことになった。倉庫に横たわった、ぺちゃんこの足の裏にホースが差し込まれ、少しずつ熱した空気が入れられていく。小塚と久瑠美はだんだんと膨らんでいく様子を息を潜めて見守った。最初に頭部が膨らみはじめ、次に胴体、腕、足と続いていく。次第に丸みをおびていくにつれ、シルエットがはっきりしてくる。

「ここじゃわからん」

そう言うや、小塚はいきなり走り出した。倉庫の二階へと通じる階段を駆け上がっていく。久瑠美もすぐに後を追いかけた。小塚が手摺りに摑まって、ウルトラマンを見下ろす。久瑠美は隣に立つと、「何がわからないんですか」と尋ねた。

「顔だ」

小塚は「似ている」ということに強く拘っていた。ここは倉庫の中だ。40ｍのウルトラマンを立たせるには天井の高さが全然足りない。だから、全身をロープで床に固定して、寝そべらせたまま膨らませている。『ガリバー旅行記』で寝そべったまま全身を縛られたガリバーみたいな感じだ。下にいたのでは横からしか見えず、顔をはっきりと確かめるのは難しい。だから小塚は上から見下ろすことで「似ている」かどうか見極めようとしたのだ。ここからだと輪郭がしっかりとわかる。

「お前、どう思う？　正直なとこ……」

小塚が不安そうに尋ねる。久瑠美はウルトラマンを見つめた。うりざね顔に筋の通った鼻。卵を横にしたような目。四角い耳。写真で見たものと同じだと思った。

「似てると思います」

「ほんとか？　ちゃんと見たのか？」

「見てますよ、ほら」

久瑠美はウルトラマンに視線を向けた。

「ほんとに似てると思うか……」

「どこからどう見ても立派なウルトラマンです」

きっぱりと言い切った。小塚は小さく頷いた。なんだか泣きそうな顔に見えた。人は本当に嬉しい時、こんな顔をするのかもしれない。

「良かったですね、夢が叶って……」

小塚は答えなかった。いつまでも黙ってウルトラマンを眺め続けた。


——ところでウルトラマンは完成したが、他は特になんの進展もない。久瑠美もあの夜の話はしていないし、小塚からも何も言ってはこない。時々、あれは夢だったんじゃないかとさえ思えるくらいだ。美月は呆れていたが、久瑠美は感謝していた。小塚と以前のように喋れるようになったのは、間違いなく美月のおかげだ。一晩眠るたびに、ここにいる時間が失われていく。寂しくもあったが、以前のような苦しさはもうない。今はただ、全力でウルトラマン立像のイベントを成功させる。そのことだけに集中しようと決めていた。

弥生達宣伝課の努力もあり、お披露目には多くの報道陣が集まることになった。聞くところによれば、園始まって以来のプレスが訪れるという。九州圏内だけではなく、関東キー局からもオファーがあった。

「やっぱ原寸大ってところが強みなのよ」

弥生は決して自分達の努力をひけらかさない。相当な営業努力をしたことは間違いないのだが、あくまでもイベント企画の勝利だと小塚を労った。お披露目は来週の六日。春休み前に大々的にコマーシャルを流し、一気に集客を狙う作戦だ。ヒーローショーもそれに伴い、ウルトラマンショーへとシフトチェンジされる。「今度の新作には自信がある」と安田は鬚もじゃの顎を撫でながら笑った。立像と一体となって繰り広げられるショーは、間違いなく子供達を興奮の坩堝へ誘うに違いない。そして、そのショーの最中、新入社員が入社の挨拶をするのだ。あれからもうすぐ一年が経つ。早かったのか遅かったのか、自分でもよくわからないが、一つだけ言えるのは、濃かったということだ。それだけは間違いない。

アパートのベッドで眠っていると物音で目が覚めた。しばらくじっとして様子を窺っていると、風がガラスを叩いている音だとわかった。外はかなり強い風が吹いている。ふと、ウルトラマンの立像のことが頭を過った。昨日の閉園後、空気を入れられたウルトラマンは、大型クレーンで櫓に取りつけられた。観覧車の横でお披露目の時を待っている。久瑠美は取り付け作業を弥生や美月と一緒に見守った。小塚の指揮のもと、安田の会社の若い人達が総出でロープでウルトラマンを括りつけていく。その中にはショーの最中に大怪我をした村尾や、園を辞めて安田の会社に中途入社した吉村の姿もあった。みんな生き生きと目を輝かせ、懸命に作業をこなしていた。

夜明けまではまだ間がある。久瑠美は再び目を閉じた。しかし、ガラスがガタガタと鳴る音は一向に止まない。不安がちょっとずつ増していく。久瑠美は手を伸ばしてスマホを摑んだ。時間は五時八分だ。再び「ドン」とガラスを叩く大きな音がした。久瑠美はベッドを抜け出すと、スエットを脱いで急いで身支度を始めた。

驚いたことに、立像の側には明かりが見えていた。

「お前も来たのか……」

こちらに懐中電灯を向けられ、眩しくて顔を背ける。

「小塚さん、ライト横向けて」

「あぁ」

小塚が謝りながら久瑠美の足元に懐中電灯を向けた。久瑠美は小塚の方へ歩み寄ると、

「心配になって……」と呟いた。暗闇の中ではっきりとは見えないが、ウルトラマンの像が立っていることは薄らとわかる。

「良かった……」

「いや、あんまりいい感じじゃねぇ……。さっきもロープが一本切れた」

「切れた？」

「櫓の鉄骨に擦られてるんだよ。それに、本体自体も鉄骨に擦られてる。空気漏れするかもしれん……」

腕組みをしたまま安田が言った。いつもの優しい目はそこになかった。眉間に皺を寄せて立像を心配そうに見つめている。

「低気圧が発達してる。爆弾低気圧って奴だ。こんな日に限ってとはな……」

「じゃあ、まだ風が強くなるってことですか？」

小塚が頷く。

ギーッギーッと激しくロープが擦れる音がする。小塚と安田が同時に懐中電灯を上に向けた。だが、上までは光が届かない。

「照明用のライトを点けろ」

振り向いて安田がスタッフに声をかけた。すぐに強力なライトが上に向けられる。閉園している時間に明かりを点けたら、また近所から苦情が寄せられる。だが、今はそんなことを言っている場合ではなかった。

「もっと上だ」

安田の指示が飛ぶ。光がウルトラマンの胸から顔に向けられた。ぼんやりとした明かりの中に、うな垂れたウルトラマンが浮かび上がる。

「トップが緩んでる……」

安田が言った。ウルトラマンの頭を支える一番上側のロープが緩んで、頭が下がっているのだ。

「僕が行きます」

真っ先に声を上げたのは吉村だった。

「行けるか、40mだぞ……」

「大丈夫です」

吉村は笑って答えた。

「頼む」

小塚の声にしっかりと頷くと、吉村は櫓をよじ登り始めた。おどおどして、はっきり喋れなくて、オタクだった吉村。信じられない。でも、今は見違えるくらい頼もしく見えた。

「気をつけて！」

だが、久瑠美の声は風の中に巻き取られ、吉村に届く前に飲み込まれてしまった。心に不安が過る。胸の奥がドキドキする。何事も起こりませんように。櫓を昇っていく吉村を見つめ、祈る。

「到着しました」

安田の無線から吉村の声が聞こえた。

「どんな様子だ?」

「ロープが三本切れてます」

「三本も……」

小塚が不安そうな顔を安田に向ける。

「これから結び直します」

「気をつけてやれよ」

ますます強まる風を気にしながら、安田が励ますように言った。

吉村が頑張ってロープを引っ張っているのだろう。だんだんとウルトラマンの顔が上を向いていく。

「いいぞ。落ち着いてやれ」

辺りは少しずつ明るくなってきて、ライトなしでも全体のシルエットが見えるくらいになっている。久瑠美はウルトラマンから空に目を移した。雲の流れが異様に早い。次第に風の中に雨も交じりはじめている。爆弾低気圧という言葉は天気予報で何度か耳にしたことがある。だけど、何も今日に限ってそんな風にならなくても……。ギーッギーッと嫌な音は相変わらず聞こえてくる。小塚がもう我慢できないとばかり、ウルトラマンに向かって走り出した。

——その時だ。

突風が吹いた。踏ん張っていられず、久瑠美は風に身体を押されて二歩、三歩とつんのめり、最後は地面に手をついた。バチバチと何かが千切れるような音が響く。しゃがみこんだまま、ウルトラマンを見た。ロープが切れ、ウルトラマンの下半身が大きく横に流れている。ロープの先端が風に踊っている。小塚が必死になってロープを摑もうとジャンプする。

「小塚さん！」

久瑠美は立ち上がると、小塚の方へ走った。その場にいる誰もがウルトラマンへ駆け寄り、ロープを摑もうとする。だが、一度風に煽られたウルトラマンは大きくなびき、今では櫓までがぐらぐらと揺れている。なんと言ってもこれはバルーンなのだ。風を受けたら、ひとたまりもない。

「吉村、手を離せ！」

無線越しに安田が叫んだ。

「でも！」

「いいから離せ！」

ロープが千切れ飛んでいく。胴体、腕、首。もうどうしようもない。吉村が大きく揺れる櫓にしがみついているのが見える。

「櫓を支えろ！」

小塚の号令で全員がロープを諦め、櫓に取り付く。久瑠美も鉄骨にしがみついた。

（これだけは倒さない！）

必死だった。唐突に櫓の揺れが収まった。何が起きたのかわからず、久瑠美は上を見た。（あっ！）という叫び声すら出なかった。奇妙に身体をよじりながら、ウルトラマンが風に巻き上げられて高々と飛んでいくのが見えた。

第十章 弾けた夢

誰もがしばし、放心状態で遠ざかっていくウルトラマンを見つめていた。その中でただ一人、小塚だけが駐車場の方へと走り出した。

久瑠美は小塚の運転する園のバンの助手席に座り、窓を開けて身を乗り出すようにしながら、ウルトラマンの行方を探した。身を切るような冷たい風が顔に当たり、頬や唇がかじかんだが、そんなことなどどうでもよかった。久瑠美は目を凝らして空を見つめた。北東の方向へ飛んでいったことは確かだが、今はもう姿は見えない。小塚は安田達とスマホで連絡を取り合いながら、南関(なんかん)方面、大牟田方面の二手に分かれて車を走らせた。

「空気が抜け始めてたから、それほど遠くには飛んでないと思いますけど……」

久瑠美ははっきりと覚えている。ウルトラマンが飛ぶ前、風に揺らぐ足の先はフニャフニャとしおれていた。多分、櫓の鉄骨に擦れて、球皮が破れてしまったのだろう。

「だから怖いんだ……」

ハンドルを握ったまま、小塚は硬い表情を崩さない。

「飛んでいった方には西鉄にＪＲ、高速だってあるんだぞ……」

小塚の心配はウルトラマンが落下する場所にあった。もしも、電車の送電線に墜ちたら、電車はすべてストップするだろう。それは高速道路でも同じことだ。電車や車が停まるだけならまだいい。それがひとたび事故にでも繋がってしまったら、取り返しのつかないことになる。

「いっそ、西に行ってくれてたらな……」

西側には有明海が広がっている。海に墜ちればまだ事故のリスクは少ないはずだ。だが、爆弾低気圧が引き起こした風は、相変わらず北に向かって吹き続けている。

「俺のせいだ……」

小塚が呟いた。

「違います。小塚さんのせいなんかじゃありません」

だが、小塚は顔をしかめたまま、「いや、俺だ……」と譲らない。

「俺はここぞって時に、運が悪い……」

そして、苦しそうに続けた。

「修学旅行の前の日に、階段から落ちて足の骨を折った……。一番仲良かった友達の引っ越しの日も、自転車のチェーンが切れて見送りに間に合わなかった……。徹マンのせいで、本命の大学受験の日に寝坊したこともある……」

どれも初めて聞く話だ。

「インドネシアのカリマンタン島に虫捕り旅行に行った時もそうだ……。ゼブラノコギリクワガタを探すのに夢中になって谷底に落ちた……。遭難して……死にかけた……。そんなことが何度もある……。今回もだ……。一番大事な時にそれが起きる……」

「……でも、小塚さん、自分のことそんな風に言うけど、なんとかなってるじゃないですか。だから今があるんでしょう」

小塚は答えない。

「運が悪いのは私だって負けてません。ディズニーランドの就職試験に落ちて、二度と遊園地には行かないって決めたのに就職したホテルから出向させられて……。初めてＴＳＷに来た時、死にそうなくらい運命を呪いましたから。でも、私、ＴＳＷに来て良かったです。今ではほんとにそう思ってます。でもそれって、こんな風になってみないとわからなかった。運が悪いのにも、きっと意味があるんです。あのまま東京にいたら、私はつまらない人間になってた……」

小塚は前を向いたまま黙っている。

「園のみんなが言ってます。小塚さんは魔法使いみたいだって……」

「俺はそんなんじゃねぇ……」

「もっと自分を信じてください！」

久瑠美はそれっきり空を見た。落ち込んでる小塚をこれ以上見たくなかった。きっと大丈夫。なんとかなる。小塚にも、自分自身にも胸の内でそう言い聞かせた。


ウルトラマンが見つかったという一報が園から入った。その場所に向かうと、見渡す限りのだだっ広い田んぼに幾つかのビニールハウスが点在している。畦道（あぜみち）に車が二台停まっている。すでに安田達が来ていた。

「なんとかなりましたね」

電線もない。民家もない。道路もない。冬だから田んぼに作物も植えられていない。およそ地上で考えられるもっとも理想的な場所に墜ちてくれたのだ。車を停めると、小塚と久瑠美は田んぼの中へ駆け出した。空気の抜けたウルトラマンがくしゃくしゃになって落ちている。所々折り重なり、パッと見、銀色の卵のような感じだ。その周りに安田と、安田の会社の社員達、警察官、そしてお爺さんがいた。見つけたのはこのお爺さん、田んぼの所有者だという。たまたま外に出たら、不思議な物が空から落ちてきた。近づいて見ても何かよくわからないので、取り敢えず警察に電話したそうだ。警察から園に「おたくのものじゃないか」と連絡が入ったのは、ウルトラマンの足の裏に「東洋スーパーワンダーランド」という文字を見つけたからだという。小塚がしゃがみ込み、ウルトラマンに触れた。

「ここ、見ろ……」

小塚が指さすところを見ると、球皮が裂け、めくれて中身が見えているのがわかった。

「やっぱり風で擦られて……」

立ち上がった小塚はウルトラマンの周りを歩き始めた。久瑠美も反対側に廻って他にも破れた箇所がないかをチェックする。すぐに見つかった。それも、幾つもだ。修理するのが大変だということは明らかだった。

「これでもなんとかなったって言えるか……」

「それは……」

久瑠美はすぐには答えられなかった。

「安さん」

小塚は安田を呼ぶと、ウルトラマンを回収する段取りを相談し始めた。

久瑠美が事務所に戻ると、そこには嵐のような光景が待っていた。電話が鳴り止まない。社員は総出で電話に出ては、「お騒がせして申し訳ありません」と同じ言葉を繰り返していた。

「なんの騒ぎですか……」

上園が受話器を手にしたまま、自分のパソコンを久瑠美の方に向けた。

「これって……」

その画面を見た久瑠美は椅子に座って自分でもネットを検索してみた。

【シュワッチ！　気の抜けたウルトラマン、空を飛ぶ】

シェイプト・バルーンのウルトラマンが空を飛ぶ写真が何枚もアップされ、まるでお祭り騒ぎだ。テレビもすぐにその話題に食いついた。すでにニュースでは写真や動画が流され、撮影者のインタビューを流し、それを受けてコメンテーターが面白おかしく茶化した。マスコミ向けのお披露目イベントを周到に準備していたにもかかわらず、情報はこちらが思い描いたものとはまったく異なる形で世の中に流れてしまった。

「小塚はどうした！　どこに行った！」

沼田が目を吊り上げ、金切声を上げる。

「小塚さんは警察の現場検証に対応しています」

慌てて久瑠美が答える。浮かれている世間を余所に、警察では現場に安全上の不備がなかったかを問題視していた。小塚は今、安田と一緒に警察の取り調べに応じているはずだ。

「あいつはクビだ！」

沼田が吐き捨てた。

（クビ……）

そんなことがあるんだろうか。ただ、ここまで事態が大きくなってしまったからには、なんらかの責任を取らざるをえないだろうとは思う。でも、いくらなんでもクビは行き過ぎだと思う。今回のことは断じて小塚のせいじゃない。だが、考えるのはそこまでだった。目の前の電話が鳴る。久瑠美は受話器を取った。

夕方になってようやく問い合わせや苦情の電話は落ち着いてきた。久瑠美は弥生と一緒に事務所を出ると、薄暗くなった園の中をゲートに向かう。結局、朝から何も食べていない。食べるひまなんてなかった。冷たい空気が急激に身体から熱を奪っていく。

「大丈夫?」

久瑠美が肩を寄せるのに気づいて、弥生が声をかけた。

「あぁ、大丈夫です」

笑いで誤魔化した。別に打ち合わせをしたわけじゃないのに、二人の足は東ゲートの方へと向かっていた。観覧車が見える。櫓も見える。本当ならそこに原寸大のウルトラマンが立っているはずだった。ここまで頑張ってきたのに、あるべきはずのものがない。冬空をバックに、櫓がいっそう寒々しく見える。自分でもそんな気持ちになるのだ。小塚はどんな思いでいるだろう。

「弥生さん……」

「何?」

「小塚さん、クビになんかならないですよね……」

警察の現場検証はすでに終わっており、一応の報告は久瑠美の耳にも届いていた。事前に40mの像を立てる計画書は出してあったし、計画書通りに安全上の配慮もなされていたのは警察もわかってくれたそうだ。一人の怪我人も出ず、被害も出なかったことが警察の心証を良くした理由かもしれない。ただ、それでお咎めなしとはならない。想定外の風が吹いたとはいえ、事故は起こった。地域住民を不安にさせた。その道義的な責任は取らなければならない。

「クビにはならないと思うけど……」

弥生の言葉には含みがある。

「自分で辞めるっていうかもしれないわね……」

久瑠美は思わず立ち止まった。そこにまったく思い至っていなかった。本当だ。小塚ならあり得る。小塚は俺のせいだと言った。ここぞって時に運が悪いとも。これ以上、ここにいたら迷惑をかける。小塚ならそういう風に考えるかもしれない。いや、きっと考える。

「私、そんなことさせません」

「まだそうなるって決まったわけじゃないわよ」

決まったわけじゃない。でも、それを黙って待つわけにはいかない。小塚は絶対にここに必要な存在だ。久瑠美はもう一度櫓を見た。ウルトラマン……、私はよく知らないけど、ピンチでも諦めないで最後まで闘うヒーローなんだよね。

（だったら――）

「弥生さん、私ちょっと行ってきます」

久瑠美は踵を返して正面ゲートの方へ駆け出した。

「久瑠美、どこ行くの！」

「倉庫です！」

ウルトラマンの立像を復活させる。それしか小塚を引き留める道はない。

すっかり辺りは暗くなったが、倉庫には明かりが灯っていた。小さな扉を開けて中に入ると、小塚の姿があった。顔はさすがにやつれている。他にも安田と、安田の会社の人達が数人いた。その中には吉村もいる。誰もが疲れた顔をしてぼんやりと座り込んでいる。床にはぺちゃんこに潰れたウルトラマンが広げられている。すっかり泥にまみれ、あの美しい銀色のボディは見る影もない。最初に久瑠美に気づいたのは吉村だった。

「差し入れなら大歓迎だけど」

しまった。そのことはすっかり頭から消えていた。

「ごめん、手ぶら……」

吉村は薄く笑った。その声が耳に入ったのだろう。小塚がこっちを振り向いた。

「園の方は？」

「電話なら随分収まりました。マスコミの幾つかは取材させろってまだ頑張ってますが」

小塚は「だろうな」と呟いた。

「みんなに悪いことしちまったな……」

「別に誰もそんなこと思ってませんよ」

少なくとも久瑠美は小塚が悪いなんて思っていない。久瑠美はウルトラマンに歩み寄ると、その場にしゃがんで分厚い球皮を見つめた。所々激しく擦れたような痕がある。

「破れた場所ってどれくらいあるんですか？」

「そんなの聞いてどうする」

「直すんです」

小塚が小さく息を呑むのがわかった。

「直すってさぁ、本気で言ってんの、波平ちゃん」

近づいてくる安田に「もちろん」と明るく答えた。

「でもそれは――」

「やめとけ」

小塚が遮った。

「どうしてですか？」

久瑠美は立ち上がると、振り向いて小塚を見た。

「ジョンさん達はもう帰国したんだぞ」

「知ってますよ。私も見送ったんだから」

「だったら軽々しく直すとか言うな」

「軽々しくなんて言ってません。本気で言ってるんです」

「十二ヵ所だ」

小塚の声が大きくなった。

「パッと見だけで破れ目はそれだけある。細かく見ていけばもっとあるはずだ。色剝げもあるし、ブロアーで熱風を入れる踵の空気口も壊れてる。もう予算は使い切って赤が出てる。こいつの処分費だってままならねぇんだぞ」

「直します」

「お前……」

「私、ジョンさんの奥さんに球皮が破れた時の修復方法を聞いたことがあるんです。基本は自転車のパンク修理と同じようなものだと教えてくれました。破れた球皮の裏から新しい球皮を縫いつけて、その周りをテープで補強して――」

「だから、それを誰がやるんだ！」

小塚は我慢ならないという風に怒鳴った。

「みんなで……」

「みんな？」

「園の人や安田さんの会社の人、それからメンテナンス会社やテナントの人にも声をかけます。あと、田代さん達のチームにもお願いします」

小塚は少し横を向いたまま黙ったままだ。

「みんなでやればきっとできます。だからもう一度、像を立てましょう……」

小塚は答えない。

「小塚さん」

「一度ケチがついたもんに、誰が乗っかるかよ……」

小塚はそう言うや、踵を返して倉庫を出ていった。誰が乗るかって……？　小塚さん自身だよ。私、絶対に乗せてみせるから。

魔法

翌日から久瑠美は立像の復活に向けて精力的に動き出した。園内スタッフに片っ端から声をかけ、カンパと助力を求めた。それだけに留まらず、園内を何度も巡っては、遊具を扱うメンテナンス会社の人間やテナントの売り子さん、ヒーローショーのアルバイトにまで直接事情を説明した。しかし、反応は今一つだった。久瑠美がホテルに異動になることはすでに知れ渡っており、はっきりと冷たくあしらわれることもあった。見かけるたびに「波平ちゃん」と声をかけてくれた人も、今は露骨にそっぽを向く。それでも久瑠美は諦めなかった。立像の復活は必ず園のためになるからと、何度も、根気強く説明を続けた。

最初は文字通り久瑠美一人でのスタートだった。園での仕事を終えて真っ直ぐ倉庫に向かい、照明を点ける。がらんとしただだっ広い倉庫の、三つあるストーブに順に火を点けて、冷え切った空気を暖める。気温七度の空間にたった三つのストーブなんて気休めにしかならない。けれど、かじかんだ指先を温めるくらいの役には立つ。それからバケツに水を汲み、雑巾を用意した。まずは顔からだ。卵型の顔の上にしゃがみ込み、表面についた泥を綺麗に拭き取っていく。顔といってもこのウルトラマンは原寸大だ。とんでもなく大きい。しばらくすると身体が汗ばんできた。

「ちょっとデカ過ぎなんだけど……」

ブツブツ独り言を呟きながら地道な作業を進めた。そうしながらも、時折扉の方を眺めた。正直に言うと、きっと誰か手伝いに来てくれるだろうと淡い期待を抱いていた。でも、甘かった。三日経っても誰一人として来ることはなかった。拭き掃除が左腕に移った四日目、ふいに扉の開く音がした。見ると入り口には美月と吉村が立っていた。久瑠美は「え……」と言ったまま固まった。

「え……って何？　意外ってこと？」

美月が苦笑いする。隣で吉村が「多分」と笑った。

「手伝うよ、私達も」

「いいの……。寒いよ……」

私は何を言ってるんだろうと思った。ちょっと動揺してるみたい。

美月がコートを脱いで近くの椅子の上に置き、シャツの袖をまくった。

「とりあえず、泥を拭きとればいいのね」

「じゃあ俺は足の方からやる」

同じように吉村も上着を脱ぐと、ホースの水をバケツに溜めはじめた。二人は黙々とウルトラマンを拭き始める。時折、キュッキュッと音が響いた。まさかの展開だった。

同期の二人が真っ先に駆けつけてくれるなんて思いもしていなかったから……。

(反則だって……)

心の中で感謝しつつ、久瑠美は再び作業に没頭した。

翌日はさらに人数が増えた。弥生がテナントのおばさん達と倉庫を訪れたのだ。

「これ、差し入れ」

弥生が掲げたレジ袋にはパンやポテチが入っているのが見えた。

「やった！　俺、腹減って死にそうだったんです」

真っ先に手を伸ばす吉村に「お礼が先！」と言って、久瑠美は弥生達に頭を下げた。

「いいのよ。売れ残りだから」

おばさん達のリーダー格である、恰幅(かっぷく)のいい三田さんが豪快に笑った。そして、自分達にも手伝えることはないかと尋ねた。実は困っていたことがあった。泥拭きは誰でもできる。問題は破れた球皮を縫い合わせることだった。実はジョンさんのチームをサポートしてくれた田代さんから大きな荷物が届いていた。段ボールの中には色とりどりの球皮の切れ端が詰められていた。久瑠美が事情を説明する手紙を送っていたのだ。添えられた手紙には出張していて手紙を読むのが遅くなったことと、存分に頑張って復活させて欲しいという励ましの言葉が並んでいた。

「これを破れた所の裏から縫いつけたいんですけど……」

段ボールから球皮の切れ端を取り出し、三田さんに見せた。三田さんはしばらく指先で手触りを確かめた。その後、ウルトラマンに近づき、破れた箇所に球皮の切れ端を当てる。

「ミシンがいるわね」

おばさんの一人が「ならウチの、持ってこよう」と答えた。

「あの人ならいいの持ってるんじゃない」

「あぁ、ありそう」

これぞ主婦の情報網だ。

「私、ミシンはないけど縫うのは得意だから」

おばさん達を余所に、弥生がウインクをして寄越(よこ)す。

「久瑠美は？」

「できません。よろしくお願いします！」

弥生が弾けたように笑い出した。

それを皮切りに、続々と人が集まり出した。メンテナンス会社の人や駐車場係、ヒーローショーでアルバイトしている金髪の兄ちゃんまでが手伝いに来てくれたのだ。メリーゴーランドの係をしている岡田のお爺ちゃんが、「去年の夏、波平ちゃんには助けてもらったからな」中年男と若い女が痴話喧嘩をしたあの一件だ。

「今度は俺が恩返しする番たい。なんでも言ってくれ」

「じゃあ遠慮なく……」

久瑠美は色剝げしたウルトラマンの塗装の相談をした。折角の銀色と赤の体色が、擦れて所々白くなっているのだ。

「そんなことか」と岡田のお爺ちゃんが笑った。

岡田のお爺ちゃんを始めとする園内スタッフは、遊具を扱うだけが仕事ではない。毎日の保守点検、部品の交換、色の剝げた箇所や錆びた鉄骨にペンキで色を塗ったりもする。

「でも、ウルトラマンの銀色とか赤色は結構微妙な色具合で――」

「心配すんな」

岡田のお爺ちゃんの言った通りだった。実に器用にペンキを混ぜ合わせ、まったく遜色ない色を作り出していく。しかも、ハケの使い方も絶妙で色むらもない。

「凄い！」

久瑠美が素直に喜ぶと、「園で培ってきたワザよ」と誰もが胸を張る。

久瑠美達がウルトラマンを綺麗に拭き上げ、おばさん達や弥生が破れた箇所に球皮をミシンで縫いつけていく。金髪のバイトくんがそこをテープで補強し、岡田のお爺ちゃん達が綺麗に色を塗る。今までとは違う音と笑い声が倉庫に響きはじめた。事故から二週間後、ついに修復は完了した。一度はひどい姿になったウルトラマンが新品のように甦った。自然とみんなが拍手をした。久瑠美は何度も「ありがとうございます」と頭を下げた。涙が込み上げてきた。これは園の人達の思いで成し遂げられたことだ。本当にありがとう。

（小塚さん……。あなたの夢、みんなの力で復活しましたよ……）

誰よりも見て欲しかった。だが、小塚が倉庫に来ることは一度もなかった。それどころか、有休を消化するという名目で長期の休みを取っていた。何度電話しても携帯も繋がらない。でも、必ず小塚は帰ってくる。その時、遠くからこの立像が見えるはずだ。その時にはきっと何かが変わる。久瑠美はそう信じていた。

二月二十日、午前六時。再びウルトラマン像を立てる日が来た。前回と違って空は微かに明るく、風もない。気温もこの時期としては高く、歯を鳴らすほど寒くはない。安田が知り合いの重機会社に話をつけ、再び大型クレーンが園にやってきた。集まったカンパ金を全額安田に手渡したが、安田はそれを受け取らなかった。

「俺も気持ちで応えたいからさ」

白くなった顎鬚を撫でながら、安田は気分が良さそうに微笑んだ。重機の先にあるフックにはぺしゃんこのまま巻き上げられた状態のウルトラマンが取りつけられている。大きなエンジン音がして、次第にクレーンが高く昇り始めた。その場にいる者は全員空を見上げる。櫓のてっぺんには吉村が待機しており、フックの先端を誘導して、ウルトラマンに巻きつけていた紐を外した。ノシイカのようなウルトラマンがフックの先から下へと垂れ下がる。安田が若い社員とともにウルトラマンの足を掴んだ。この日のためにわざわざ佐賀から駆けつけてくれた田代さんが、踵に空いた空気口からブロアーを使って熱した空気を入れ始める。萎びたウルトラマンが生を享けるがごとく、ゆっくりと風を飲み込んでいく。

「二時間後には完全な形になるはずだから、開園には間に合うよ」

田代さんが教えてくれた。

ついに40mのウルトラマンが再び立った。観覧車の隣で朝陽を浴び、全身が銀色に光り輝いている。まるで、TSWの守護神のようだ。園の前を走る国道は、突如現れたウルトラマンに驚いてノロノロ運転をする車で渋滞した。訪れた客が歓声を上げる。子供が足元に駆け寄って、仰け反るように空を見上げた。それは想像していたよりもずっと素敵な光景だった。小塚が見た夢はこれだったのだ。今初めてはっきりと実感できた。

「小塚さん！」

誰かの声がした。久瑠美は人垣を掻き分けて姿を探した。少し離れたところからウルトラマンを見つめている男がいる。小塚だった。

「今までどこにいたんですか！」

小塚はウルトラマンを見上げたまま、呟いた。「ほんとに復活したんだな……」

「でも、このままじゃダメだ」

「ダメってどういうことですか……」

「風をいなす」

何を言っているのかわからない。

「ついて来い」

小塚はウルトラマンに向かって歩き始めた。その表情には以前のままの、憎たらしいほどの自信が漲(みなぎ)っているように見えた。

小塚の指示で櫓に昇った吉村達がロープを取りつけていく。

「ピンと張るなよ。そうだ、もっと緩めでいい」

櫓とウルトラマンを繋ぐロープは以前よりも長く、しかも緩くされている。

「これじゃまた強い風が吹いたら――」

久瑠美は黙って小塚の様子を見ていたが、とうとう我慢ができなくなって口を挟んだ。

「だから、風をいなすって言ったろう」

「いなすってなんです？」

「前回の失敗は櫓とウルトラマンの背中がくっついてたから、風が抜けなかったんだ。風上側がもろに風を受けて浮き上がり、きつく結んだロープがそれに反発した。結果、許容量を超えた瞬間、一気に持っていかれるハメになっちまった」

（何、それ……）

「お前、俺がただサボってたと思ってんのか？」

サボってたというより、傷心でどこかに雲隠れしていると思っていた。

「ウルトラマンが墜ちた田んぼの持ち主に、もう一度謝りにいったのさ。そして、なんか手伝わせて欲しいって言ったら、ビニールハウスの修理を一緒にやることになった。その時、ハウスがどうして風に飛ばされないのか、そのノウハウをいろいろと教えてもらったんだ。風は絶対に吹く。でも、それに抵抗するんじゃなくて、通り道を作ってやるんだ。ウルトラマンの背中と櫓の間に隙間を空けてやることで、それができる」

小塚は諦めてはいなかったのだ。それどころか、前回の失敗を二度と繰り返さないような方法を学び取っていた。

「じゃあなんで、それを言ってくれなかったんですか……」

思わず涙声になった。

「最後に出てきていいとこをかっさらう。俺のやり方はお前も知ってるだろう」

知ってる。イヤというほど。でも、今度だけは本気で心配した。園を辞めるんじゃないかって……。

「最低です……」

「危うくそうなりかけた。でも、お前がいてくれたから、土壇場で踏み止まれた」

小塚は笑い、「ありがとな」と言った。とても素直で爽やかな顔が、とことん嬉しく、とことん歯痒(はがゆ)く見えた。

原寸大ウルトラマン立像の反響は、日を追うごとに大きくなっていった。風に飛ばされたウルトラマンはネットや、テレビの全国ネットのニュースやワイドショーでも取り上げられ、多くの人の目に触れた。失敗が、逆に追い風となったのだ。平日の昼間にも拘らず客足は伸び、例年の三倍から五倍の伸び率になった。ウルトラマンを見に訪れた客はそのまま園内を巡り、アトラクションで遊んだり、レストランでご飯を食べたり、土産の品を買い求めた。ＴＳＷは冬の閑散期とは思えないほどの活況を呈した。

そんな中、宮川社長は辞令を出した。事故の責任を取らせる形で、遊園地事業部の沼田次長をホテル・ゴルフ部へと異動させるというものだった。沼田にしてみれば青天の霹靂(へきれき)だったに違いない。小塚は訓告処分となり、しかしそのまま企画課の係長として職務をまっとうするよう指示が出された。久瑠美は小塚と宮川がどんな話をしたのか知らない。しかし、小塚は園に残ることになった。辞令が発表された後、なんとなくはにかんだ顔を見せた小塚を、久瑠美は忘れることはないだろうと思った。

いつもの焼肉屋にいつも以上に沢山のメンバーが集まった。でも、今夜は二つ、いつもと違うところがある。それは座敷だけでなく、店が丸ごと貸切だということ。もう一つは久瑠美が主役だということだ。壁には手作り感満載の横断幕が貼られ、【波平久瑠美　送別会】の文字が躍っている。それだけじゃない。至るところに久瑠美のスナップ写真が飾られている。ヒーローショーで怪人と戦っている姿、パンティーとのツーショット、事務所の机でうたた寝をしている顔や花火師達に囲まれて煤(すす)だらけの顔もある。落し物市の会場に品物を並べている様子、弥生と美月の三人でお弁当を食べながらピースサインをしていたり、企画の打ち合わせで真剣な顔をしていたり。一番新しい写真は、先日、倉庫でウルトラマンの修復が完成した時に撮ったものだ。こうしてみると、実にいろんなことがあったんだなと思う。これまでの人生の中で間違いなく一番濃い時間だった。でも、それももうすぐ終わる……。

一同を代表して宮川社長が挨拶に立った。笑いさざめいていた社員達が静まり返る。

「私は今日、あらためて思いました。波平くんは社員だけでなく、こんなにも沢山の人に愛された存在であったのだと。人と人との関係は時間の長さじゃない。その時、そこで、何をやったかで決まる。波平くんは立派に証(あかし)を作った。それを誇りに、新たな場所でも存分に頑張ってもらいたいと思います」

宮川が久瑠美を見つめた。そして、最後に一言、付け加えた。「ありがとう」と。店に集った誰もが拍手した。久瑠美は照れ臭さと嬉しさと込み上げてくる熱いものを押し隠すように、「今夜は飲みます！」と叫ぶと、大好きになった芋の水割りを一気に飲み干した。

午前三時。カラオケボックスで散々歌いちらかした後、ようやく帰途についた。久瑠美は沢山の人にハグされ、握手され、頬にキスされた。写メもいっぱい撮られたが、酔っぱらっているからヒドイ顔になってると思う。それもいい。全部、素晴らしい想い出だ。

久瑠美を送り届ける役目は小塚が担うことになった。久瑠美は「もう一度園が見たい」と言った。小塚と二人でゆっくりと夜道を歩きながら、園の方へと向かう。オレンジ色にライトアップされた観覧車がとても綺麗だ。その横にウルトラマンが真っ直ぐに立っているのが見える。

「今日もちゃんと立ってますね……」

久瑠美が言うと、「飛んだらえらいことだ」と小塚が笑った。そして、久瑠美の前に廻るといきなりしゃがみ込んだ。久瑠美は遠慮なく、小塚の背中におぶさった。あの時と同じように、小塚の匂いと体温が伝わってくる。とても心地良かった。

そのまま二人は何も言わずに園の側まで行った。別に言葉はいらなかった。園の駐車場まで来て、小塚は久瑠美を下ろした。そして、そっと肩に手を回した。久瑠美はその手を握った。小塚が久瑠美を見つめ、顔を寄せる。

「ウチの園って、縁切りで有名なんですよね……」

「さぁ。知らんな」

（ほんとに適当な奴……）

唇を塞がれながら、久瑠美の心は微笑んでいた。

ここはド田舎だし、虫も多いし、不便だ。けどたまに、ごく稀に、スーパーでワンダーなことが起こる……。

エピローグ

　実に空が狭く感じる。背の高いビルと高速道路の高架の隙間から、ぼんやりと霞んだ空が見える。あちこちから車のクラクションが聞こえ、無数の人の足音がそれに重なる。あぁ、こんな感じだったなぁと思う。そして、歩き出す。アスファルトに履き慣れないハイヒールの音がする。どんどん周りの人に追い越されていく。自分の歩みがいまだこちらのペースに戻らない。

　東京に戻ってそろそろ三ヵ月だ。実家の品川のマンションからＪＲに乗って渋谷で下車。駅のすぐ側にあるホテルで一期下の後輩達に混ざり、ホテル業務の研修が続いている。元々接客業が希望だったので、先輩コンシェルジュに一日中くっついて回り、仕事を覚える日々だ。ここでは化粧はおろか、髪型、爪の手入れまで細かく注意される。制服を着て鏡に映った自分を見ると、（誰？）とさえ思える。まるで別人のようだ。

　そうそう、秀一郎とは正式に別れた。とうの昔に関係は終わっていたようなものだったが、電話ではなくお互いの顔を見て話をすることにした。喫茶店で待ち合わせして、コーヒーを頼んで、僅か十五分。話も盛り上がらず、「じゃあこれで」でお終い。営業の挨拶のような最後だった。私はしばらくその場に留まり、残りのコーヒーを飲みながらスマホから秀一郎のアドレスを消した。特別、なんの感情も湧かなかった。その喫茶店には中庭があり、緑の木々が植えられていた。天井に開いた狭いスペースから差し込む光を求めるように、重なり合うようにして伸びている。随分と窮屈そうに見えた。向こうだったらこんな伸び方はしない。枝葉をいっぱいに広げてもなお、有り余る広がりと光があるから。

実は小塚さんともなんの進展もない。それどころか、連絡もほとんど取っていない。こっちからも電話しないし、向こうからもかかってくることはない。なぜだか自分でもよくわからない。でも、なんとなくそうなる予感はしていた。昔、友達と観た映画にこんなセリフがあった。それは『スピード』というアクション映画で、路線バスに爆弾が仕掛けられ、乗客を助けようと頑張る警察官とたまたまバスに乗り合わせたヒロインが次第に惹かれ合っていくという展開だった。でも、すべてが解決したあと、ヒロインがこんなことを言う。

「異常な状況で結ばれた男女は長続きしないのよ」

当時はなんとも思わなかったが、今は実感できる。

ある日、いつも通りに先輩コンシェルジュの後をついて回っていたら、突然上司に呼び出された。すぐに常務室に来なさいとのこと。理由は特別思い当たらない。取り立てて失敗はしていないはずだし、客とのトラブルもない。だが、常務室に呼ばれるということは、常務の芹沢（せりざわ）マネージャーから直々に何かの話をされるのだろう。廊下を歩きながら自然とうな垂れた。どう考えても、いい話であるはずがない。

常務室の前に着くと、手鏡を取り出して身だしなみをチェックした。一応問題はない。ノックをして名前を告げると、部屋の中から「どうぞ」と静かな声がした。

「失礼します」

冷房の効いた広い部屋には大きな事務机があり、脇には来客用のテーブルとソファがある。芹沢マネージャーは椅子から立ち上がると、片手を差し出してソファの方に向かうよう合図した。立ち居振る舞いが美しい。私は芹沢マネージャーが一人用のソファに腰かけるのを待って、向かいの三人掛けのソファに姿勢を正して座った。そこで初めて気づいた。テーブルには自分の履歴書が置かれている。ますますイヤな予感がする。

「もう、慣れましたか」

これが第一声。それがどんな意味なのか考えつつも、「はい」と答えた。芹沢マネージャーは腕を組むと、しばらく私の履歴書に視線を落とした。さらにイヤな予感が高まってくる。

（まさか、クビ……）

いやいやそんなことなんかあるはずない。心の中で否定しつつも、でも、このシチュエーションは明らかにおかしい。ドキドキしながら次の言葉を待った。

「本当に話しにくいことなんだが」

もういいです。続きは聞きたくありません。私は耳を塞いでしまいたい衝動を懸命にこらえた。

「遊園地に戻ってもらえませんか」

「……え？」

今、なんて……？　芹沢マネージャーの顔を見つめたまま硬直した。

「本当に戻ってきたばかりでこんな話をするのもいかがなものかと思います。ただ、向こうの業務が支障をきたしていると言うんですよ。あなたがいないと外部との連携が円滑に回らないそうです。それに、宮川社長の元に嘆願書も沢山寄せられているそうです。一部ですが、ご覧になりますか」

私が返事をしないうちに芹沢マネージャーは立ち上がって、事務机の端に置かれたA4サイズの封筒を持ってきた。

「どうぞ」

震える手で封筒の中身を取り出した。そこには沢山の人の字があり、「波平ちゃんを戻して欲しい」とか「波平ちゃんがいないと寂しい」とか、いろんなことが書かれていた。

「私が知る限り、こんなことはあなたで三人目です。一人は園の支配人、もう一人は営業部の方でした。だが、あなたは新人だった。短い時間でこれほど職人気質(かたぎ)の人達に好かれるなんて、本当に素晴らしいと思います。立派な仕事をしたんですね」

文字が読めなくなった。ポタポタと零れ落ちる涙が、FAXの文字を滲ませていく。ふいに頭の中でジェットコースターの音が鳴り響き、「波平(なみへい)、早くしろ」とあいつの呼ぶ声が聞こえた。

本書は、集英社文庫のために書き下ろされました。

小森陽一の本

DOG×POLICE

警視庁警備部警備第二課装備第四係

国際指名手配犯による無差別爆弾テロを防ぐため、装備第四係のメンバーが立ち上がる。新人警官勇作と警備犬シロの成長と活躍を、『海猿』の作者小森陽一が描く。

集英社文庫

小森陽一の本

天神

親子三代での飛行機乗りを目指す陸と、国を守るため航空自衛隊に入隊した速。二人の青年の人生が交差するとき、壮大で熱いドラマが生まれる。空の男たちの物語。シリーズ第一弾！

集英社文庫

オズの世界

2015年11月25日　第1刷　　定価はカバーに表示してあります。
2018年8月21日　第4刷

著　者　小森陽一
発行者　村田登志江
発行所　株式会社　集英社
東京都千代田区一ツ橋2-5-10　〒101-8050
電話　【編集部】03-3230-6095
【読者係】03-3230-6080
【販売部】03-3230-6393(書店専用)

印　刷　中央精版印刷株式会社　株式会社美松堂
製　本　中央精版印刷株式会社

フォーマットデザイン　アリヤマデザインストア　　マークデザイン　居山浩二

ISBN978-4-08-745386-7 C0193